Bagriy & Co.

Гомер

Одиссея

Песни IX-XII

Перевод с древнегреческого
Григория Стариковского

Рисунки Славы Полищука

Bagriy & Company
Чикаго
2015

Homer. Odyssey 9-12:
Russian Translation

Translated by Grigory Starikovsky
Illustrated by Slava Polishchuk

Edited by Andrey Bauman
Book design by Mykhail Kondratenko

ISBN: 978-0692528792

Bagriy & Company, Inc.
Chicago, Illinois, USA

printbookru@gmail.com

Printed in the United States of America

Содержание

ПЕСНЬ ДЕВЯТАЯ

Одиссей прозорливый промолвил в ответ Алкиною:
«Алкиной, повелитель, между народами славный,
слушать подобного песнопевца — воистину
прекрасное дело (он голосом сходен с богами);
5   не бывает, говорю, исхода радостней,
чем веселье, овладевшее каждым пирующим
(гости в комнатах слушают песнопевца,
рассевшись рядами; столы завалены мясом
и хлебом. Чашник черпает из кратера,
10   разносит гостям, вином наполняет кубки;
кажется сердцу: нет ничего прекрасней),
но сердце твое понуждает спросить о невзгодах
скорбных, чтобы стенанье усилить слезами.
Что рассказать вначале и чем закончить?
15   Множество бедствий наслали небожители.
Имя сначала открою, чтобы знали:
избегнув безжалостной смерти, останусь вашим
гостеприимцем, хоть и живу неблизко.
Я — Одиссей Лаэртид, известный людям
20   хитростью, молва обо мне к небесам восходит.
Я живу на Итаке приметной — выдается
гора Нерит, с листвою зыблемой, а рядом
острова́ лежат поблизости друг от друга:
Дулихий, Зама, Закинф, поросший лесом.

25   Итака низкая — на́ море крайний остров,
    на стороне темноты, а другие подальше —
    к восходу и солнцу; скалистый остров, прекрасный
    воспитатель юношей. Нет зрелища сладостней
    родной земли. Божественная Калипсо
30   держала меня в пустотелой пещере, хотела
    взять в мужья, и коварная ээйская Цирцея
    хотела взять в мужья, удерживала в палатах,
    но сердце в груди не поддалось уговорам,
    ведь нет ничего любезней родных пределов
35   и родителей, если даже имеешь достаток
    и живешь на чужой стороне, вдали от родителей.
    Если хочешь, расскажу о горьком возвращении,
    которое Зевс устроил отплывшим из Трои.
    Ветер из Трои привел к Исмару киконскому,
40   мы разграбили город, захватили женщин
    и вдоволь добра, перебив мужчин, разделили
    добычу, никто не остался без равной доли.
    Спутникам я приказал удалиться проворно,
    но не послушались неразумные спутники.
45   Напивались вином и резали рядом с морем
    овец и коров неуклюжих, изогнуторогих.
    Киконы пошли и призвали других киконов,
    соседей более доблестных и многочисленных,
    живущих внутри страны, умеющих биться
50   на конях или пешим строем, если нужно.
    Утром пришли, подобные множеству листьев
    и весенних цветов. Суровая доля от Зевса
    досталась несчастным, чтобы мы настрадались.
    Бились строем возле судов быстроходных,
55   метали — одни в других — бронзовоострые копья.
    Пока рассветало и день нарастал священный,
    мы отбивались, хоть были они многочисленней.
    Солнце сместилось к вечеру, когда отпрягают
    волов; поднажали киконы и разбили ахейцев.

60   Шестеро крепкопоножных с каждого судна
       погибли, остальные избежали смерти.
       Мы продолжили плаванье, с печалью в сердце,
       потеряв товарищей, но радовались, что выжили.
       Я задержал изогнутые суда, покуда

65   трижды не был помянут каждый несчастный,
       погибший на равнине, сраженный киконами.
       Зевс, собирающий тучи, несказа́нной бурей
       поднял порывы Борея, спрятал под тучами
       землю и море. Ночь обрушилась с неба.

70   Корабли посбивались с курса. Сила ветра
       разрывала парус на три, на четыре части.
       Паруса побросали в трюм, опасаясь смерти,
       налегли на весла, направились к берегу.
       На берегу два дня подряд и две ночи

75   лежали; усталость и горе изъели сердце.
       Пышнокудрая Эос прибавила третье утро.
       Поставили мачту, расправили белый парус,
       расселись на судне. Работали ветер и кормчие.
       Тогда я достиг бы отчей земли, невредимый,

80   но волны, теченье с Бореем отнесли от Киферы,
       отогнали, когда корабли обходили Малею.
       Девять дней носились под гибельным ветром
       по морю, полному рыбой, на десятый достигли
       земли лотофагов, едящих цветочную пищу.

85   Мы спустились на берег, воды́ набрали,
       вскоре обедали возле судов быстроходных.
       Когда наконец подкрепились питьем и пищей,
       я отправил спутников выведать, что за люди,
       едящие хлеб, на этой земле обитают.

90   Выбрал двоих, а третьим был послан глашатай.
       Тотчас отправились и встретили лотофагов:
       не погибель они измыслили нашим спутникам,
       предложили всего лишь отпробовать лотоса.
       Отведав плодов медвяного лотоса, спутники

95   не захотели к судам вернуться с известьем, —
      напротив, решили остаться среди лотофагов,
      кормиться лотосом, забыв о возвратном плаваньи.
      Я привел их силком на судно (они рыдали),
      связал, заволок под скамью пустотелого судна,
100   спутникам верным велел подняться спешно
      на быстроходный корабль, чтобы кто-нибудь
      не отведал лотоса, не забыл о возвращении.
      Тотчас взошли, и расселись возле уключин
      рядами, и взбили веслами пенное море.
105   Оттуда продолжили плаванье, с печалью в сердце,
      достигли земли надменных, неправедных циклопов,
      которые во всем полагаются на бессмертных:
      ничего не сажают руками циклопы, не пашут,
      но все родится без вспашки и сева, — пшеница,
110   ячмень и лоза, дающая прекрасногроздные
      вина (Зевс укрепляет ло́зы дождями).
      Они не сходятся вместе – на собрания;
      в беззаконьи живут на вершинах, в пустотелых
      пещерах, и каждый, как хочет, над детьми и женами
115   суд творит, не считаясь с другими циклопами.
      Остров лежит небольшой на входе в гавань,
      не удален от земли циклопов, не близок,
      поросший лесом. Здесь обитают во множестве
      дикие козы без страха людского присутствия,
120   здесь не бывает охотников, которые терпят
      лишения, когда по вершинам блуждают.
      Он не заполнен стадами, не покрыт наделами,
      остров, лежит незасеян и плугом нетронут,
      нет здесь людей, лишь козы пасутся и блеют.
125   Не имеют циклопы судов, окрашенных суриком,
      нет корабелов, которые сладят судно,
      крепкопалубное, послушное человеку,
      плывущее в людный город, ведь так бывает,
      когда плывут один к другому через море.

130   Здесь бы стояли строенья славные — остров
плодороден, приносил бы плоды постоянно,
луговины соседствуют с пенным морем — нежные,
влажные: вот где бы вечно расти виноградникам.
Земля податлива, пахотна; обильный снимать бы
135   урожай посезонно — такая здесь тучная почва.
Гавань удобная есть, где канаты — излишни,
чтобы бросить якорь, закрепить корабль,
но можно пристать, переждать, покуда сердце
не отправит в путь, не подует попутный ветер.
140   В изголовье гавани бьет прозрачный источник
из-под пещеры (черные тополя повсюду).
Мы вплыли в гавань; некий бог сопутствовал
сквозь темную ночь, незримой казалась округа,
корабли окутаны были глубоким туманом,
145   луна не светила с неба, покрытая тучами.
Никто не заметил острова, не увидел даже
высокие волны, бегущие в сторону берега.
Корабли крепкопалубные достигли берега,
тогда на приставших судах спустили парус
150   и вышли на землю, возле морского прибоя,
спать улеглись в ожиданьи божественной Эос.
Розовым проблеском ранняя Эос явилась.
Изумленные, мы кружили повсюду на острове.
Нимфы, дочери Зевса, эгидодержца,
155   подняли горных коз — угощение спутникам.
Мы вернулись и взяли кривые луки и копья
длинногнездные, разделились на три отряда:
бог даровал желанное бьющим добычу.
Из двенадцати судов пришлось на каждое
160   девять коз, а мне назначили десять.
Целый день до захода солнца мы сидели,
угощаясь сладким вином и обильным мясом.
На судах еще не иссякло, в избытке осталось
красное вино, ведь вместе мы наполнили

165 амфоры, разграбив священный город киконов.
Мы видели дым на близкой земле циклопов,
голоса́ различали, овечье и козье блеянье.
Когда опустилось солнце и настала темень,
на берегу заснули, возле морского прибоя.
170 Розовым проблеском ранняя Эос явилась,
я собрал своих людей, говорил со всеми:
«Здесь оставайтесь, прочие верные спутники,
на судне своем отправлюсь, со своей командой,
здешний народ испытаю, что за люди,
175 надменные, свирепые, несправедливые, —
или радушные, богобоязненные в помыслах».
Я взошел на судно, призывая спутников
подняться на борт, отвязать кормовые канаты.
Тотчас взошли, и расселись возле уключин
180 рядами, и взбили веслами пенное море.
Достигли ближнего берега, увидели пещеру
высокую — возле самого моря, под сводами
лавров (большие стада, овечьи и козьи,
здесь ночевали), а рядом высокое надворье
185 обнесено стеной из наломанных глыбин,
рослыми соснами, дубами с обширной кроной.
Ночь проводил в пещере человек-громадина,
далеко выгонял стада́, в одиночку, избегая
других циклопов, знавший одно беззаконие.
190 На удивление скроен гигант, не ровня людям,
едящим хлеб, но подобен лесной вершине,
одинокой, вдали от других вершин вознесенной.
Я приказал, чтобы прочие верные спутники
остались там, затащив корабль на берег;
195 выбрал в дорогу двенадцать лучших спутников,
козий мех захватил с темно-красным, сладким
вином, которое Марон Эванфид пожаловал
в подарок, жрец Аполлона, защитника Исмара,
ведь мы защитили жреца с женой и ребенком,

200   из почтенья к нему (он живет в священной роще
      Аполлона Феба). Жрец одарил превосходно:
      семью талантами золота прекрасной выделки,
      кратером из цельного серебра, и наполнил
      сладким вином без остатка двенадцать амфор,
205   неразбавленным, божественным (не ведал
      никто из рабов и служанок об этом напитке,
      только жрец и жена, и ключница знали).
      Когда они пили красное вино, медвяное,
      двадцать мер воды на кубок винный
210   приходилось; кратер издавал блаженный запах,
      сладостный — нельзя не пригубить напиток.
      Я взял в дорогу огромный мех, наполненный
      вином, и мешок со снедью (в сердце отважном
      думал, что встретится дикарь неправедный,
215   облеченный мощью, не знающий законов).
      Мы скоро вошли в пещеру, но не увидели
      циклопа: он выгнал на пастбище тучное стадо.
      Мы разглядывали всё подряд: корзины,
      отягченные сыром; в загонах теснились ягнята
220   и козлики, разделенные: рожденные прежде —
      в особом месте; в особом — рожденные позже,
      сосуночки — отдельно. Ведра с надоями, чаши
      крепкие — сосуды, истекавшие сывороткой.
      Спутники сразу взмолились, просили жалобно
225   сыр захватить и вернуться обратно, и следом
      из загонов пещеры к быстрому судну выгнать
      козлят и ягнят, и отплыть по соленому морю.
      Я не поддался (полезней было послушаться),
      в надежде увидеть хозяина, получить подарок, —
230   горькая встреча предстояла спутникам.
      Мы развели огонь, совершили приношение,
      сидели, угощались сыром, в ожиданьи циклопа.
      Он вернулся с пастбища, принес древесины
      высохшей, неподъемную тяжесть к трапезе.

235   Древесину в пещере свалил, с великим грохотом.
      Мы испугались, бросились в дальний угол.
      Тучное стадо пригнал он в широкую пещеру,
      гурт, который выдаивал, а самцы остались
      снаружи, козлы и овны, на высоком надворье.
240   Поднял входной валун, установил в проеме,
      громадный, который двадцать и две телеги —
      добротные, четырехколесные — не сдвинут,
      такой огромный валун он поставил на входе.
      Расселся, подоил овец и блеющих козочек,
245   все стадо, как до́лжно, и подложил сосуночка
      под каждую матку; заквасил в плетеных корзинах
      половину белых надоев, убрал корзины;
      другой половиной наполнил сосуды, чтобы
      напиться после, во время вечерней трапезы.
250   Когда наконец поспешил завершить работу —
      развел огонь, заметил нас и расспрашивал:
      «Странники, кто вы? Откуда плывете по влажным
      дорогам? Заняты делом или скитаетесь
      по морю, словно пираты, которые странствуют,
255   головой рискуют, несут чужеземцам горе?»
      Так он сказал; сердца сокрушились от страха
      перед ужасным голосом и видом чудовища,
      я обратился к циклопу с ответным словом:
      «Мы ахейцы, унесенные из Трои натиском
260   разных ветров, над великою глубью моря.
      Мы плывем домой, но неверным путем, неверной
      доро́гой — таков, вероятно, замысел Зевса.
      Заявляем гордо: мы — воители Агамемнона,
      Атрида, чья поднебесная слава огромна,
265   он разграбил великий город (сколько народа
      он погубил!), а мы, пришлецы, припадаем
      к твоим коленям, одари гостей как хочешь,
      сделай подарок, по законам гостеприимства.
      Побойся богов, сильнейший, ведь мы — просители;

270   Зевс — он мстит за просителей и гостей, странно-
приимный, сопутствует гостю и держит в почете».
Так я сказал. Он ответил, жестокий в сердце:
«Глупый ты, странник (или приплыл издалёка),
велишь бояться богов, уклоняться от гнева.

275   Пренебрегают циклопы Зевсом-эгидодержцем
и богами блаженными — мы сильней намного;
ни тебя, ни спутников не пощажу (не пугает
Зевсова злоба), разве что сердце обяжет,
но скажи, чтобы ведать, где ты оставил корабль,

280   крепкий, далеко ли отсюда или поблизости?»
Так он меня испытывал, но я догадался,
многоумный, отвечал изворотливым словом:
«Корабль разломал Посейдон, земли сотрясатель,
швырнул на камни вашей земли, приблизив

285   к закраине (ветер из моря вынес корабль),
вместе мы спаслись от неизбежной смерти».
Так я сказал. Не ответил, безжалостный в сердце,
быстро поднялся; рукою, простертой к спутникам,
схватил двоих, размозжил, как щенков, о землю:

290 мозг головной излился, увлажняя землю.
Он разрезал обоих, приготовил ужин.
Он сожрал их, как лев, горами вскормленный, —
всё без остатка: мясо, потроха и кости.
Увидев злодейство, мы взвыли, воздевая руки
295 к Зевсу; беспомощность сжала каждое сердце.
Когда циклоп наполнил огромное брюхо
человечиной, запив молоком неразбавленным, —
заснул в пещере, разлегшись между овцами.
В бесстрашном сердце я замыслил приблизиться,
300 выхватить острый меч, висящий в ножнах,
нащупать, где печень прикрыта грудною клеткой,
нанести удар, но другой удерживал помысел:
тогда бы мы погибли неизбежной смертью,
ведь мы не смогли бы сдвинуть руками камень
305 огромный, который стоял в высоком проеме.
Проливая слезы, ждали бессмертную Эос.
Розовым проблеском ранняя Эос явилась.
Он развел огонь, передоил, как должно, стадо
и подложил сосуночка под каждую матку.
310 Когда наконец поспешил завершить работу —
снова схватил двоих и приготовил кушанье.
Позавтракав, вывел наружу тучное стадо,
легко отодвинул огромный камень и снова
установил в проеме, будто колчан закупорил;
315 присвистнул и тучное стадо направил в горы.
Я остался в пещере обмысливать злобно
расплату, лишь бы Афина вняла молитве.
Лучшим представился в сердце замысел этот:
возле загона лежала циклопья палица,
320 огромная — зеленый ствол маслины, срубленный,
чтобы носить, подсохший, на вид подобный
мачте на двадцативесельном, черном судне,
широком, грузовом, плывущем по морю,
таким он казался — в длину и в обхват — огромным.

325   Я подошел и отрубил не меньше сажени,
        спутникам приказал обтесать обрубок.
        Они всё исполнили, а я заострил обрубок,
        приблизившись, затем острие обуглил
330   в пламени, спрятал его под кучей навоза,
        который во множестве лежал в пещере.
        Заставил кинуть жребий — кто посмеет
        взять и воткнуть обрубок в глаз циклопий,
        когда подступит сладостный сон к чудовищу.
        Четверо были избраны (этих спутников
335   я выбрал бы сам), а пятым меня избрали.
        Вечером он возвратился; тучное стадо,
        прекраснорунное, загнал в широкую пещеру,
        не оставил снаружи, на глубоком надворье, —
        своим ли помыслом или бог приневолил.
340   Камень поднял высоко, установил в проеме,
        расселся, подоил, как до́лжно, овец и козочек
        блеющих и подложил сосуночка под каждую.
        Когда наконец поспешил завершить работу —
        снова схватил двоих и приготовил кушанье.
345   Я приблизился, стиснув деревянную чашу,
        в которой вино чернело; промолвил циклопу:
        «Вот тебе, выпей, ведь ты вкусил человечины, —
        узнаешь, что за напиток на судне хранился.
        Возлиянье принес для тебя, в надежде, что сжалишься,
350   отошлешь домой, но вынести твое безумство
        невозможно. Жестокий, кто из людского множества
        приплывет к тебе, ведь ты поступил неправедно?»
        Так я сказал. Он взял и выпил, и насладился
        приятным питьем, спросил повторную чашу:
355   «Любезно добавь еще, и поведай тотчас же,
        кто ты по имени (выдам подарок по нраву),
        плодородная почва приносит ви́на прекрасно-
        гроздные (Зевс укрепляет ло́зы дождями),
        но этот напиток — сродни амброзии с не́ктаром».

360   Так он сказал. Я поднес, и трижды протягивал
сверкавший напиток; трижды испил безмозглый.
Когда вино помутило рассудок циклопа,
тогда наконец я ответил циклопу вкрадчиво:
«Циклоп, ты желаешь выведать славное имя.

365   Отвечу тебе, только выдай подарок обещанный.
Меня зовут Никто. Никем называют
мать и отец, и все, без изъятья, спутники».
Так я сказал. Он ответил, жестокий в сердце:
«Я сожру Никого последним из спутников,

370   после других, — такой тебе выдам подарок».
Он повалился навзничь, разлегся (жирная
шея выгнулась). Сон, укротитель всеобщий,
охватил циклопа; вино излилось, смешавшись
с человечиной: он блевал, вином тяготимый.

375   Я вогнал обрубок в костер затлевающий,
ждал, пока раскалится, подбадривал спутников,
чтобы не испугались и не отпрянули.
Когда обрубок маслины почти загорелся,
накалившись сильно, хоть и был он зелен,

380   я вытащил его (стояли спутники рядом:
божество вдохнуло великую смелость).
Мы взяли заостренный обрубок, втолкнули
в глаз. Я надавливал сверху, поворачивал,
как человек, буравящий корабельные доски

385   (другие снизу вращают ремнем, схватившись
с обеих сторон, — бурав непрерывно работает).
Так мы держали и ворочали обрубок
раскаленный: кровь заливала обрубок.
Веко и бровь целиком спалило, глазное

390   яблоко выгорало, в основаньи шипящее.
Будто кузнец окунает в студеную воду
лезвие топора или тесло (закаляется,
сильно шипит металл окрепший), так же
глаз зашипел вокруг обрубка маслины.

395 Он завопил; пещера повторила вопль.
  Мы отпрянули в страхе. Тогда он выдернул
  масличный обрубок из глаза, измаранный
  кровью, отбросил в сторону, разъяренный,
  призвал громогласно циклопов (они обитали
400 в соседних пещерах, в горах, обдуваемых ветром).
  Они услышали, пришли отовсюду к пещере,
  стояли и спрашивали, что терзает циклопа:
  «Чем ты измучен, Полифем, что завываешь
  так сквозь нетленную ночь, не даешь покоя?
405 Смертный, быть может, обидел, похитив стадо?
  Изводит тебя коварством или силой?»
  Могучий Полифем закричал из пещеры:
  «Друзья, Никто меня губит коварством, не силой».
  Они отвечали, сказав оперенное слово:
410 «Даже если никто не изводит в одиночестве,
  нельзя избежать болезни, посланной Зевсом,
  лучше молись родителю, Посейдону-владыке».
  Сказав, разошлись, и сердце мое рассмеялось,
  (так был циклоп одурачен именем и лукавством
415 безупречным). Он застонал, измученный болью,
  нащупал камень, выдвинул из проема,
  расселся на пороге, растопырил руки,
  чтобы ловить выходящих с гуртом из пещеры, —
  ведь он полагал, что я поступлю безрассудно.
420 Я размышлял, как сделать правильней, чтобы
  спасти от смерти себя и спутников, разные
  выплетая коварные замыслы, ведь жизнь висела
  на волоске — грозила опасность великая.
  Лучшим представился в сердце замысел этот:
425 были в пещере густошерстные бараны,
  большие и тучные, прекрасные, темнорунные.
  Я связал их беззвучно — сплетенными лозами,
  взяв из подстилки неправедного чудовища.
  Связывал по́ трое, средний тащил человека,

430 двое с обеих сторон оберегали спутников,
на каждого — три барана, а мне достался
овен, воистину лучший в целом стаде.
Обхватив хребет, под брюхом косматым
я свернулся, лицом к чудесной шерсти,
435 держался, не отрываясь, выносливый духом.
Проливая слезы, ждали бессмертную Эос.
Розовым проблеском ранняя Эос явилась,
гурт устремился наружу, на выпас; в загонах
блеяли матки недоеные (вымя раздулось
440 от молока). Хозяин, измученный болью,
ощупывал спины баранов, стоявших рядом,
но не догадался, неразумный, что спутники
подвязаны к брюхам шерстоносных баранов.
Последним вышел овен, отягченный шерстью
445 (он тащил меня, прозорливого в замыслах).
Могучий Полифем ощупывал шерсть и молвил:
«Добрый овен, отчего оставляешь пещеру
последним, ведь прежде не следовал за другими,
но скорым шагом спешил на выпас, к соцветьям
450 мягким, первый выходил к речным потокам,
вечером первый стремился вернуться в пещеру?
Теперь — последний. Тебе не хватает, конечно,
хозяйского глаза, который исторг разбойник
и гнусные спутники, вином усмирив рассудок.
455 Никто, говорю, еще не избежал погибели.
Если б ты мог говорить, со мной в согласьи,
открыл бы, конечно, где прячется он от гнева.
Я размозжил бы его — по всей пещере
растекся бы мозг, тогда отдохнуло бы сердце
460 от злой обиды, ничтожным Никем причиненной».
Так говорил и наружу выпустил овна.
Отдалились немного от пещеры с надворьем;
я выбрался первым, отвязал притороченных.
Развернули баранов, погнали тучное стадо,

465   тонконогое, пока не достигли судна.
Мы появились, избежав погибели, желанные
спутникам, но стенали они по умершим.
Я не позволил оплакивать, повел бровями,
запрещая; велел завести баранов на судно,
470   прекрасношерстных, и отплыть по воде соленой.
Тотчас взошли, и расселись возле уключин
рядами, и взбили веслами пенное море.
Отплыв настолько, что можно услышать выкрик,
я обратился к циклопу с насмешливой речью:
475   «В полой пещере, циклоп, сожрать собирался
спутников смелого мужа, полагаясь на силу.
Пришлось заплатить сполна за преступное дело,
жестокий, ведь ты не боялся сожрать гостивших
в доме. Отплатил тебе Зевс и другие боги».
480   Так я сказал. Он в сердце сильней взъярился,
вершину огромной скалы отломил и бросил,
она обрушилась перед темноносым судном,
[едва не затронув край судового кормила.]
Всплеснулось море от глыбы, упавшей в воду,
485   обратная волна понесла корабль к берегу,
как морской прилив, и прибила вплотную.
Я схватил удлиненный шест, оттолкнулся,
кивком головы побуждая спутников — крепче
держать рукояти весел, избегая смерти.
490   Они налегли на весла. Когда мы отплыли,
удвоив прежнее расстояние на море,
я прокричал, обратившись к циклопу, но каждый
спутник — по-своему — сдерживал примирительно:
«Жестокий, зачем раздражаешь дикого мужа?
495   Он бросил камень в море, пригнал корабль
обратно к суше, мы думали: вот она, гибель.
Если он услышит голос или хоть звук единый —
мраморный бросит утес, проломит головы
и корпус судна, так далеко швыряет».

500 Сказали, но не склонили отважное сердце,
я обратился вторично, разгневанный в сердце:
«Циклоп, если смертный какой-нибудь спросит,
кто постыдно выколол глаз, ответишь:
Одиссей оставил незрячим, сын Лаэрта,
505 городов разоритель, который живет на Итаке».
Так я сказал. Циклоп возопил и ответил:
«Горе! Настигло меня былое пророчество:
некогда был здесь достойный, великий провидец,
Телем Эвримид, в ведовстве отличившийся,
510 он состарился здесь, прорицая циклопам.
Он открыл мне все, что случится в будущем,
предрек, что ослепну от руки Одиссея.
Я ожидал, что появится человек, прекрасный
видом, высокий, облеченный великой мощью,
515 а теперь ничтожный, немощный, малорослый
выколол глаз, вином укротив сначала.
Одиссей, подплыви, — обеспечу подарком,
скажу Сотрясателю, чтобы отправил в дорогу,
ведь я — Посейдонов сын (он сам утверждает).
520 Посейдон излечит меня, если только захочет,
больше никто из смертных или блаженных».
Так он сказал. Я промолвил ответное слово:
«Вот бы мне суметь из тебя исторгнуть
жизнь и душу, и отправить в дом Аида,
525 чтобы даже Держатель земли не вылечил!»
Так я сказал. Он начал молиться владыке
Посейдону, вытянув руки к звездному небу:
«Услышь, Посейдон темнокудрый, объемлющий землю,
если ты вправду — родитель, как утверждаешь,
530 не позволь Одиссею вернуться, сыну Лаэрта,
разорителю городов, живущему на Итаке.
Если судьба — увидеть своих и вернуться
в отчизну, в дом, искусно построенный, пусть он
возвратится без спутников, поздно и горестно,

535 на чужом корабле, и встретит несчастье в доме».
Так говорил он, молясь. Темнокудрый услышал.
Он снова поднял глыбину, бо́льших размеров,
швырнул, закрутив (вложил великую силу):
она обрушилась за темноносым судном,
540 едва не затронув край судового кормила.
Всплеснулось море от глыбы, упавшей в воду,
волна понесла вперед и приблизила к берегу.
Мы достигли острова, где остались другие
крепкопалубные суда, а вокруг сидели
545 скорбные спутники, они заждались товарищей.
Когда корабль пристал к песчаному берегу,
мы сошли на берег возле морского прибоя,
выгнали стадо циклопа из полого судна,
разделили, никто не остался без равной доли.
550 Крепкопоножные спутники меня наградили —
овном — отдельно. Возле прибоя — в жертву
овна принес всевластному Зевсу Крониду,
темнотучему, и бедра сжег, но жертвой
бог пренебрег, задумал сгубить без остатка
555 крепкопалубные суда и верных спутников.
Целый день до захода солнца мы сидели,
угощались сладким вином и обильным мясом.
Когда опустилось солнце и настала темень —
на берегу заснули, возле морского прибоя.
560 Розовым проблеском ранняя Эос явилась.
Я обратился к спутникам и велел подняться
на корабль и отвязать кормовые канаты.
Тотчас взошли, и расселись возле уключин
рядами, и взбили веслами пенное море.
565 Мы продолжили плаванье, с печалью в сердце,
потеряв товарищей, но радовались, что выжили.

ПЕСНЬ ДЕСЯТАЯ

Мы достигли Эолии, острова, на котором
живет Эол Гиппотид, любезный бессмертным.
Плавучий остров охвачен стеною бронзовой,
крепкой: отвесные скалы вокруг возносятся.
5   Двенадцать детей родились во дворце Эола:
шесть дочерей расцвели, сыновья возмужали,
шестерых сестер отдал он братьям в жены.
Вместе с любезным отцом и заботливой матушкой
они изобильно пируют, — пахнет мясом
10   принесенных жертв, длится звучание флейты;
ночью засыпает каждый возле супруги
стыдливой — на ложе искусном, под покрывалом.
Мы прибыли в город, в прекрасный дворец Эола.
Целый месяц Эол привечал и расспрашивал
15   об Илионе, о возвратной дороге ахейцев.
Я рассказал подробно, всё, что случилось,
обратился с просьбой — отправить в дорогу.
Он согласился, выдал мешок из шкуры
девятилетнего быка, в мешок запрятал
20   направленья штормов и шквальных порывов.
Зевс поставил его надзирать над ветрами —
поднимать, удерживать ветер, который захочет.
На пустотелом судне шнуром блестящим
перевязал мешок, чтобы хоть малым ветром

25 не сдуло в сторону, выслал дыханье Зефира
    доставить людей на судах, но не состоялось
    возвращение. Мы погубили себя безрассудно.
    Девять дней и ночей продолжалось плаванье,
    на десятый показалась отчизна, мы увидели
30 огонь и людей, разводивших прибрежное пламя.
    Сладкий сон одолел меня: всю дорогу
    я трудился, работая шкотами паруса,
    спутникам не доверял, чтоб скорей вернуться.
    Спутники начали между собой пересуды:
35 вот, он домой привезет серебра и золота —
    подарки Эола, отважного Гиппотида.
    Каждый так говорил, обращаясь к соседу:
    «Одиссею везде почет, он всем любезен,
    в любой стране или городе, где ни объявится,
40 вдоволь имеет прекрасных сокровищ из Трои,
    военной добычи, а мы, проделав не меньший
    путь, с пустыми руками домой возвращаемся.
    Теперь вот Эол осыпал подарками дружбы,
    но скорей посмотрим, что́ там хранится,
45 сколько в мешке серебра и золота спрятано».
    Так говорили: возобладала злокозненность.
    Развязали мешок, и вылетели скопом ветры.
    Шквал подхватил рыдавших, увлек подальше
    от родной земли. Я проснулся и размыслил
50 в безупречном сердце, погибнуть ли в море,
    выпрыгнув за борт, или беззвучно вытерпеть,
    остаться в числе живущих. Я не выпрыгнул,
    остался лежать, укрывшись плащом на судне.
    Корабли уносило злосчастным порывом ветра
55 обратно к острову Эола. Рыдали спутники.
    Мы спустились на берег, воды́ набрали,
    вскоре обедали возле судов быстроходных.
    Когда наконец подкрепились питьем и пищей,
    в провожатые выбраны были вестник и спутник.

60   Мы вступили в славный дворец Эола,
      он пировал в окруженьи детей и супруги.
      Возле колонн мы расселись, на пороге.
      Изумленные в сердце, они задавали вопросы:
      «Почему ты вернулся? Что за бог тебя травит
65   враждебный? Мы отправили тебя заботливо
      на родину, в дом, где бы он ни был, отчий».
      Так говорили. Я отвечал сокрушенно:
      «Спутники погубили меня и сон жестокий.
      Дело исправьте, друзья, ведь вам сподручно».
70   Так я сказал, промолвив кроткое слово.
      Они промолчали, тогда родитель ответил:
      «Тотчас же остров оставь, позорище смертных:
      не до́лжно мне привечать, отсылать в дорогу
      человека, который блаженным богам ненавистен.
75   Прочь отсюда, ведь ты богам ненавистен!»
      Так сказал и выдворил (я скорбел безмерно).
      Оттуда продолжили плаванье, печалясь в сердце.
      Терзались люди, трудно работая веслами,
      из-за глупости нашей не было помощи
80   в плаваньи: шесть ночей и шесть дней мы плыли,
      на седьмой подошли к высокому городу Лама,
      к лестригонскому Телепилу (уходящий на выпас
      слышит здесь оклик того, кто приводит стадо;
      здесь кто не спит — получал бы двойную плату:
85   за выпас быков, потом — за овец белоснежных;
      здесь дневная стезя к вечерней приближена).
      Мы вплыли в славную гавань, окаймленную
      отвесной грядою скалистой, непрерывной;
      выступают два мыса вперед взаимообразно,
90   выдаются на входе в гавань, а вход — стесненный.
      Другие спутники вошли на судах двузагнутых
      в продолговатую гавань, суда разместили
      борт о борт… Никогда здесь волна не всходит:
      большая ли, малая, — сплошное безветрие белое.

95 Я один поместил свой черный корабль снаружи
и закрепил канатом возле скалистой закраины;
на кремнистый утес взошел и разглядывал,
но не заметил людских трудов и воловьих,
только увидел, как дым от земли поднимался.

100 Я отправил спутников выведать, что за люди,
едящие хлеб, на этой земле обитают.
Выбрал двоих, а третьим был послан глашатай.
Они вступили на гладкий тракт, где телеги
лес перевозят в город с горных склонов.

105 Возле города встретили девушку — мощная
дочь лестригонского Антифата набирала воду,
спустившись к прекрасным струям источника,
Артакии, откуда в город приносят воду.
Они приблизились, обратились с вопросом,

110 кто здесь властитель, каким народом он правит.
Она указала на родительский дом высокий.
Они вступили в дом, обнаружили женщину:
ужасную видом, ростом — не меньше утеса.
Из собранья она призвала именитого мужа,

115 Антифата, который замыслил ужасное дело:
схватил посланника, состряпал человечину.
Двое других убежали, достигли стоянки.
Антифат разразился кличем, и услышали
мощные лестригоны, поспешили отовсюду,

120 неисчислимые люди, похожие на гигантов.
Они стояли на скалах, кидали камни
неподъемные. Поднялся грохот: вопили
умиравшие, трещала обшивка; лестригоны
уносили, пронзив как рыбу, жалкое яство.

125 Когда убивали спутников в глубокой гавани,
я вытащил острый меч, висевший в ножнах,
перерезал канаты на темноносом судне,
тотчас обратился к спутникам с приказом —
схватить рукояти весел, избегая смерти.

130   Вместе ударили по́ морю, страшась погибели.
Радостно выбежал в море корабль, подальше
от нависших скал, а прочие сгинули скопом.
Мы продолжили плаванье, печалясь в сердце,
потеряв товарищей, но радовались, что выжили.

135   Достигли Ээи, острова, где живет Цирцея
пышнокудрая, страшная богиня, которая
говорит как люди, сестра коварного Ээта.
Гелиос — их родитель, светящий смертным.
Матерью Перса была, рожденная Океаном.

140   В безопасной гавани мы пристали бесшумно
к берегу, — некий бог направлял корабль.
Мы спустились на берег, два дня и две ночи
лежали: усталость и горе изъели сердце.
Пышнокудрая Эос прибавила третье утро.

145   Я взял копье и заостренный меч, и тотчас
взошел на прибрежный утес — оглядеться,
в надежде увидеть труды людей и услышать
голос. Поднялся и встал на кремнистой вершине.
На земле разверстой, возле палат Цирцеи,

150   увидел дым, поднимавшийся сквозь заросли.
Я размыслил в сердце, стоит ли отправиться —
выведать, что там (я видел дым и пламя).
Так размышлял… показалось намного выгодней
вернуться на берег моря, к быстрому судну,

155   накормить людей и послать на разведку.
Когда я приблизился к двузагнутому судну,
некий бог пожалел — и вывел навстречу
громадного оленя с пышными рогами.
Он спускался к потоку с лесного пастбища,

160   чтобы напиться, измученный мощью солнца.
Он вышел навстречу; я ударил в позвоночник
копьем бронзовоострым. Пораженный навылет,
он рухнул в пыль, захрипел, и душа отлетела.
Придавив оленя ногой, я вытащил бронзово-

165　острое копье из раны, бросил на землю,
 после нарвал лозняка и прутьев, и тотчас
 сплел канат на сажень, прекрасно скрученный;
 ноги связал ужасному зверю и отправился
 к берегу, на шею взвалив оленью тушу,
170　подпираясь копьем (на плече не донес бы),
 придерживал ношу, — слишком он был огромен.
 Сбросил его возле судна. Проснулись спутники.
 Я обратился ко всем, призывая ласково:
 «Друзья, даже в скорби мы не спустимся

175　в дом Аида прежде назначенных сроков.
 Вспомним о снеди (еда и питье остались
 на быстром судне), не будем мучиться голодом».
 Так я сказал. Они подчинились слову,
 обнажили головы возле бесплодного моря.
180　Они удивлялись: слишком олень был огромен.
 Когда глаза насытились видом оленя,
 они омыли руки, приготовили пищу.
 Целый день до захода солнца мы сидели,
 угощались сладким вином и обильным мясом.

185   Когда опустилось солнце и настала темень —
на берегу заснули, возле морского прибоя.
Розовым проблеском ранняя Эос явилась,
я собрал своих людей, говорил со всеми:
«Выслушайте, хоть и натерпелись, спутники.

190   Друзья, мы не знаем, где восход и сумерки,
где под землю уходит светящее смертным
солнце и где восходит. Размыслим же тотчас:
способен ли разум вызволить? Нет, не способен.
Я взошел на кремнистый утес — оглядеться,

195   и увидел землю, окруженную морем
бескрайним, низкий остров, а в середине
заметил дым над глубью дремучего леса».
Так я сказал, сокрушилось каждое сердце:
они вспомнили лестригонского Антифата,

200   надменность, свирепую мощь людоеда-циклопа.
Громко рыдали спутники, проливая слезы,
но бесполезны слезы для тех, кто плачет.
Я поделил прекраснопоножных спутников
на́ два отряда (назначил вожатых), первым

205 командовал я, вторым — Эврилох богоравный.
В бронзовом шлеме быстро встряхнули жребии, —
Эврилох, бесстрашный в сердце, вытянул жребий.
Следом за ним отправились двадцать два спутника,
рыдавшие горько. Мы сидели и плакали.
210 На лесной поляне открылся, отовсюду видный,
дворец Цирцеи (строенье из гладкого камня);
повсюду — волки да горные львы (заколдованы
пагубным зельем — опоила несчастных Цирцея).
Не напускались они на людей; напротив,
215 вставали на задние лапы, виляли хвостами.
Как собаки вокруг хозяина, который приходит
с праздника, крутят хвостом (он всегда приносит
кусок полакомей), — когтистые львы и волки
ластились. Встретив зверей, испугались спутники.
220 Остановились в дверях пышнокудрой богини,
услышали пение в доме, прекрасный голос
(возле чудесного полотна ходила, такое
богини делают — тонкую, дивную роскошь).
Полит, предводитель, первым промолвил слово,
225 особо любезный, достойнейший спутник:
«Друзья, там кто-то ходит у ткацкого стана,
и поет красиво (стены умножают пение):
богиня ли, женщина, — тотчас ее окликнем».
Так он сказал. Они окликнули богиню,
230 она появилась, открыв блестящие двери,
пригласила. Они последовали доверчиво.
Один Эврилох остался, заподозрив коварство.
Привела во дворец, посадила на стулья и кресла;
сыр и ячмень, и мед замешала блеклый
235 на прамнийском вине, и добавила зелье
пагубное, чтобы напрочь забыли отчизну.
Когда поднесла питье и они пригубили —
жезлом ударила спутников и закрыла в свинарне.
Голосом, кожей — всем видом — сущие свиньи,

240   обросли щетиной, остался один рассудок.
       В свинарне она заточила рыдавших горько,
       желуди разбросала и сорочьи ягоды,
       корм для свиней, которые в грязи валяются.
       Эврилох сейчас же вернулся к черному судну,
245   быстрому, горевестник о жребии спутников,
       не мог даже слова молвить, хоть и пытался, —
       великой печалью сердце разбито, слезы
       взгляд застилали, сердце наполнилось плачем.
       Мы, удивленные, стали расспрашивать.
250   Он рассказал о гибели спутников: «Мы вступили
       в чащу, как ты приказал, Одиссей прославленный.
       На лесной поляне открылся, отовсюду видный,
       дворец Цирцеи (строенье из гладкого камня);
       богиня ли, женщина, — ходила возле ткани,
255   распевала громко. Мы окликнули и позвали.
       Она появилась, открыв блестящие двери,
       пригласила. Они последовали доверчиво.
       Только я не пошел, заподозрив коварство.
       Они уничтожены скопом, никто не вышел
260   оттуда, пока я лежал и высматривал долго».
       Тогда я повесил за спину лук с колчаном,
       на плечи — перевязь с длинным, бронзовым,
       среброгвоздным мечом, приказал отвести обратно.
       Эврилох обхватил мои колени, взмолился,
265   возрыдал и промолвил оперенное слово:
       «Не принуждай против воли, вскормленный Зевсом,
       позволь остаться. Ты не вернешься, не вызволишь
       спутников, лучше спасемся скорее со всеми,
       которые здесь, — еще возможно выжить».
270   Так он сказал. Я промолвил ответное слово:
       «Конечно, останься возле черного судна,
       полого, подкрепляйся вином и снедью,
       отправлюсь один, неизбежность гонит в дорогу».
       Сказал и отправился прочь от судна и взморья.

275 Я прошел по священным ущельям, приблизился
     к высокому дому Цирцеи, искусной в снадобьях.
     Встретился мне Гермес возле дома, держатель
     золотого жезла, бог (на вид он — подросток,
     бородка на скулах в прекрасную пору юности).
280 Он взял меня за руку, промолвил, назвав по имени:
     «Несчастный, куда в одиночку идешь по склонам,
     не ведая, где́ ты? Вошедшие в дом Цирцеи
     теперь томятся в тесном хлеву, как свиньи.
     Идешь, чтобы спутников вызволить? Обещаю:
285 сам не вернешься, останешься рядом с другими.
     Выручу все же тебя, избавлю от пагубы.
     Вот тебе средство, с которым войдешь в палаты,
     от твоей головы оно отвратит погибель.
     Открою тебе коварный расчет Цирцеи:
290 она приготовит напиток, вмешает зелье;
     не заколдует тебя — не позволит средство,
     которое будет твоим. Расскажу подробно:
     Цирцея ударит тебя удлиненным жезлом,
     выхватишь острый меч, висящий в ножнах,
295 набросишься на нее, как будто желаешь
     убить. Она, испугавшись, понудит к соитью,
     не отвергай обоюдное ложе с богиней,
     чтоб отпустила спутников и тебя приветила.
     Пусть заречется великой клятвой бессмертных,
300 что не измыслит иной обиды, не отнимет
     мужеской силы, когда ты снимешь одежду».
     Сказал убийца Аргоса, вырвал растение
     из почвы; мне передал, открыв его свойства:
     черный корень, цветок молочной окраски,
305 богами названный *моли*. Смертным непросто
     выкопать моли, бессмертному всё по силам.
     Потом удалился Гермес на вершину Олимпа,
     через остров, заросший лесом, а я приблизился
     к палатам Цирцеи. Сердце билось тревожно.

310 Остановился в дверях пышнокудрой богини,
громко окликнул. Богиня услышала голос.
Она появилась, открыв блестящие двери,
пригласила. Я последовал, печалясь в сердце.
Привела, усадила на искусное кресло, обитое

315 серебряными гвоздями, с ножной подставкой.
Питье для меня в золотой замешала чаше,
добавила зелье, замыслив недоброе в сердце.
Подала мне отпить, но зелье было бессильным,
ударила жезлом, сказала, назвав по имени:

320 «Ступай в свинарник, валяйся рядом с другими!»
Я выхватил острый меч, висящий в ножнах,
набросился, как будто убить стремился.
Кинулась в ноги, обхватила мои колени,
возрыдала Цирцея, оперенное слово сказала:

325 «Кто ты? Откуда родом? Кто твой родитель?
Чудное дело: испивший не заколдован,
нет таких, превозмогших, кто бы ни выпил,
как только напиток преграду зубов минует;
твой рассудок в груди не поддается чарам.

330 Ты — изворотливый Одиссей. Убийца Аргоса,
держатель золотого жезла, предсказывал:
из Трои приплывешь на черном, быстром судне.
Меч поскорее в ножны отправь, поднимемся
на совместное ложе, чтоб разделить соитье,

335 а потом, насладившись, доверять друг другу».
Так говорила. Я промолвил ответное слово:
«Цирцея, разве ты вправе требовать ласки?
Ты ведь в свиней превратила спутников,
а теперь меня заманила и просишь, коварная,

340 в спальню войти и подняться на ложе, чтобы
мужской силы лишить, как только разденусь.
Не хочу подниматься на ложе твое, богиня,
если не можешь заречься великою клятвой,
что никогда не измыслишь иной обиды».

345   Так я сказал. Она поклялась, подчинившись
         просьбе, а когда зареклась и закончила клятву,
         тогда я взошел на прекрасное ложе Цирцеи.
         В это время служанки трудились в комнатах,
         четыре работницы прислуживали в палатах,
350   рожденные родниками и священными рощами,
         великими реками, впадающими в море.
         Одна застлала кресла багряными покровами,
         искусными, а снизу подложила гладкие ткани.
         Другая серебряный стол поместила рядом,
355   расставила золотые корзины для снеди.
         Сладкое вино смешала третья — в кратере
         серебряном — и расставила золотые чаши.
         Четвертая вынесла воду: разогреть треножник
         огромный — огнем обильным. Вода нагрелась;
360   а когда закипела вода в сияющей бронзе,
         посадила меня в купальню, смешала воду —
         усладу сердца; омыла плечи и голову,
         пока не исчезла губительная усталость.
         Омыла и натерла маслом, покрыла хитоном
365   и прекрасной хламидой, привела в палаты;
         посадила меня на искусное кресло, обитое
         серебряными гвоздями, с ножной подставкой.
         Служанка принесла воды́ в золотом кувшине-
         рукомойнике, плеснула над серебряным тазом
370   для омовения; стол придвинула гладкий.
         Почтенная ключница хлеб принесла и поставила,
         добавила яства, расщедрилась запасами;
         предложила отведать, но в сердце не было радости,
         я думал о спутниках; тревожилось сердце.
375   Когда Цирцея заметила, что я не желаю
         прикоснуться к пище, объятый скорбью, —
         приблизилась, оперенное слово молвила:
         «Почему сидишь, Одиссей, как потерявший голос,
         гложешь сердце, не притронешься к пище?

380 Подозреваешь меня в коварстве? Не следует
     бояться, ведь я поклялась великой клятвой».
     Так говорила. Я промолвил ответное слово:
     «Человек, если он — справедливый, разве может,
     Цирцея, притронуться к питью и снеди,
385 пока не выручит и не увидит спутников?
     Если вправду просишь отведать снеди,
     выпусти их, позволь мне увидеть спутников».
     Так я сказал. Она покинула палаты
     (волшебный жезл — в руке), открыла свинарник,
390 выгнала спутников — девятилетних боровов.
     Встали все вместе; она обходила спутников,
     помазала каждого снадобьем новым, и тотчас
     щетина выпала, которой покрылись спутники,
     когда отпили ужасное зелье Цирцеи.
395 Снова стали людьми, моложе, чем прежде,
     гораздо приятней на вид и выше ростом.
     Признали меня, тянулись ко мне руками,
     начали плакать безудержно: дворец огласился
     ужасным воплем, даже богиня сжалилась.
400 Приблизилась и сказала бессмертная Цирцея:
     «Лаэртид, сметливый Одиссей, потомок Зевса,
     вернись на берег моря, к быстрому судну.
     Первым делом втащите корабль на берег,
     спрячьте в пещере пожитки и снасти, а после
405 возвращайтесь — ты и верные спутники».
     Так говорила. Подчинилось отважное сердце,
     я отправился к берегу, к быстрому судну.
     Возле быстрого судна увидел спутников:
     они рыдали, проливая горькие слёзы.
410 Как телята бегут, прыжки совершают,
     навстречу коровам, идущим с выпаса,
     насыщенным свежей травой (даже ограда
     не сдерживает: телята мычат и носятся
     возле родительниц), — так же меня обступили

415   рыдавшие, когда увидели; всем почудилось,
       будто они вернулись, каждый — в тот город
       суровой Итаки, где он родился и вырос.
       Они зарыдали, сказав оперенное слово:
       «Мы радовались тебе, питомец Зевса,
420   будто достигли Итаки, нашей отчизны,
       скорей расскажи о гибели прочих спутников».
       Так говорили. Я ответил ласковым словом:
       «Первым делом вытащим корабль на берег,
       спрячем пожитки и снасти в пещере, а после
425   скорее ступайте следом, чтобы в священном
       доме Цирцеи увидеть спутников, пирующих
       непрерывно и вдосталь — за вином и снедью».
       Так я сказал. Они подчинились слову.
       Один Эврилох удерживал спутников,
430   обратился ко всем, сказал оперенное слово:
       «Куда идете, жалкие? Зачем стремитесь
       к пагубе? Вступите в дом Цирцеи — и каждый
       будет во льва превращен, в свинью или волка,
       чтоб сторожить огромный дворец подневольно.
435   Циклоп не так же затворил нас в пещере,
       куда Одиссей дерзновенный привел товарищей?
       Они ведь погибли из-за его безрассудства».
       Так он молвил. Я вознамерился выхватить
       длинный, острый меч, висящий в ножнах,
440   отсечь ему голову, бросить ее на землю,
       хоть и был он близкой родней, но каждый
       спутник — по-своему — сдерживал примирительно:
       «Питомец Зевса, если прикажешь, позволим
       Эврилоху остаться здесь, сторожить корабль,
445   отведи остальных в священный дом Цирцеи».
       Так говорили, и двинулись прочь от берега,
       Эврилох не остался возле полого судна,
       последовал, испугавшись моей свирепости.
       Цирцея усердно омыла прочих спутников

450 в своем дворце и щедро натерла маслом,
     облекла в хитоны, в шерстяные хламиды.
     Мы увидели спутников, пирующих славно.
     Когда товарищи признали друг друга —
     подняли вопль. Дворец огласился плачем.
455 Тогда говорила со мной бессмертная Цирцея:
     «Лаэртид, сметливый Одиссей, потомок Зевса,
     не поднимайте рыданий — известны беды,
     которые вы претерпели в рыбном море,
     несчастья, причиненные врагом на суше.
460 Насыщайтесь снедью, пейте вино, покуда
     вновь не почерпнете мужество в сердце,
     как прежде, когда покинули отчую землю
     суровой Итаки, а теперь унылые, изнуренные,
     вспоминаете грозное море, ваше сердце
465 не знает радости — вы натерпелись вдоволь».
     Так говорила. Послушались в сердце отважном.
     Ежедневно, в течение года, мы сидели,
     угощались сладким вином и обильным мясом.
     Когда исполнился год, и круг закончился
470 тающих месяцев (долгие дни совершились),
     призвали меня, промолвили верные спутники:
     «Вспомни теперь о родной земле, одержимый, —
     если тебе суждено спастись и вернуться
     в дом с высокой кровлей, в отчую землю».
475 Я послушался спутников в сердце отважном.
     Целый день сидели до захода солнца,
     угощались сладким вином и обильным мясом.
     Когда опустилось солнце и наступила темень,
     они заснули в темных комнатах. Я поднялся
480 на дивное ложе; обнял колени Цирцеи,
     взмолился. Богиня внимательно слушала.
     Обратился к Цирцее, сказал оперенное слово:
     «Цирцея, выполни прежнее обещание,
     отправь домой, ведь наши сердца торопятся

485 в дорогу (сердце мое изнуряют спутники,
они печалятся, когда тебя нет рядом)».
Так я сказал. Ответила бессмертная Цирцея:
«Лаэртид, сметливый Одиссей, потомок Зевса,
не стану насильно удерживать, но сначала

490 вам предстоит совершить иное плаванье —
в царство Аида и Персефоны ужасной,
узнать предсказанье души фиванца Тиресия
(слепец, как прежде, владеет своим рассудком,
который оставлен Тиресию Персефоной

495 после смерти, а другие мечутся, как тени)».
Так говорила. Сердце внутри сокрушилось.
Я рыдал на ложе, в сердце своем не желая
пребывать в живых, смотреть на сияние солнца.
Когда нарыдался, наизвивался досыта, —

500 обратился к богине с ответным словом:
«Кто укажет дорогу, ведь в царство Аида
не заплывали смертные на черном судне?»
Так я сказал. Ответила бессмертная Цирцея:
«Лаэртид, сметливый Одиссей, потомок Зевса,

505 не нужен тебе провожатый на быстром судне, —
выставишь мачту, распустишь белый парус,
отдохнешь от трудов, — Борей направит судно.
Пройдешь океан, увидишь низкий берег,
заросли Персефоны — бесплодные ивы,

510 тополя возносятся черные. Вы пристанете
к берегу водоворотной пучины Океана,
тогда отправляйся в промозглый дом Аида.
Там Пирифлегетон и Коцит, ответвление
Стикса, в Ахеронт впадают; там же — камень

515 возле слияния двух гремящих потоков.
Герой, когда придешь в указанное место,
выроешь яму вширь и вглубь на локоть,
возле ямы устроишь возлияние мертвым:
медовою смесью, после — сладкими винами,

520 после — водой, и посыпешь мукой ячменной.
     Тогда обещай изможденным ликам мертвых:
     вернешься на Итаку, в жертву заколешь корову
     нерожавшую, лучшую; наполнишь алтарь дарами
     славными; Тиресию будет отдельно заклан
525 черный овен, самый приглядный в стаде.
     Когда помолишься славному роду мертвых,
     соверши приношенье черной овцы и барана,
     направь их головы к ночи (сам отвернешься
     к течению Океана), и тотчас навстречу
530 выйдут многие души немощных мертвых.
     Потом обратишься к спутникам, прикажешь
     освежевать овцу и барана, заколотых
     лютою бронзой, и сжечь, богам помолившись —
     мощному Аиду и Персефоне ужасной.
535 Вытащи острый меч, висящий в ножнах;
     оставайся на месте, не позволяя мертвым
     приближаться, пока не выслушаешь Тиресия.
     Вскоре, о вождь народа, провидец явится,
     покажет дорогу, откроет подробности плаванья
540 на возвратном пути, по морю, богатому рыбой».
     Сказала она… Златотронная Эос явилась.
     Богиня меня облекла в хитон и хламиду,
     нарядилась в тонкие ткани, серебристые,
     нежные, опоясалась ремешком из золота,
545 искусным; накинула покрывало на голову.
     Я подходил поочередно к спутникам
     и подбадривал, призывая ласковым словом:
     «Теперь не время для сладких снов. Поднимайтесь —
     в путь! Указала дорогу Цирцея-владычица».
550 Так я сказал. Послушались в сердце отважном,
     но даже тогда не вывел спутников в целости:
     был среди них Эльпенор, самый младший, в битвах
     не слишком храбрый, не больно-то крепкий разумом.
     Отягченный вином, заснул вдали от спутников,

555 возжелав прохлады, на крыше дворца богини.
Услышал шум и возглас уходящих спутников,
спешно поднялся на ноги; не догадался
спуститься по длинной лестнице в дом Цирцеи.
Он сорвался с крыши, сломались шейные
560 сочленения: душа спустилась в царство Аида.
На подходе к берегу я промолвил спутникам:
«Вы, должно быть, верите, что назад плывете,
в отчизну? Цирцея послала в другое плаванье,
в царство Аида и Персефоны ужасной,
565 узнать предсказанье души фиванца Тиресия».
Так я сказал, сокрушилось каждое сердце:
они сидели и плакали, и рвали волосы,
но бесполезны слезы для тех, кто плачет.
Когда подходили к быстрому судну, к берегу,
570 сокрушаясь, проливая горькие слезы, --
Цирцея приблизилась к судну, привязала
черную овцу и барана; легкою поступью
удалилась. Кто распознает бога, когда он
идет куда-нибудь, не желая быть узнанным?

ПЕСНЬ ОДИННАДЦАТАЯ

Когда мы вышли к судну, на берег моря, —
сначала спустили корабль на светлую воду,
укрепили мачту, расправили парус на судне,
погрузили овцу и барана, поднялись на судно,
5   проливая в скорби горькие слезы. Цирцея,
пышнокудрая, ужасная богиня, которая
говорит как люди, пустила за черным судном
славного спутника — ветер, дующий в парус.
Закрепив канаты, мы сидели на палубе,
10   ветер и кормчий правили нашим судном.
Раздувался парус. Весь день мы плыли по морю.
Опустилось солнце. Потемнели морские дороги.
Достигли пределов глубокотекущего Океана,
там живут киммерийцы: племя и город
15   покрыты туманом и мглой. Сияющий Гелиос
вниз не посмотрит, не осветит лучами,
когда восходит на небо, покрытое звездами,
или когда он обратно к земле стремится;
тлетворная ночь простерлась над жалкими смертными.
20   Мы пристали к берегу, взяли овцу и барана,
отправились вдоль потока, пока не достигли
места, указанного Цирцеей. Эврилох с Перимедом
держали животных, назначенных в жертву.
Я вытащил острый меч, висевший в ножнах,

25   выкопал яму вширь и вглубь на локоть,
возле ямы устроил возлияние мертвым:
медовой смесью, после — сладкими винами,
после — водой, и посыпал мукой ячменной.
Долго молился немощным ликам мертвых:
30   «Вернусь на Итаку, в жертву принесу корову
нерожавшую, лучшую; алтарь наполню дарами
славными, Тиресию будет отдельно заклан
черный овен, самый приглядный в стаде».
После молитв и обетов множеству мертвых,
35   схватил овцу и барана, перерезал им горло
над ямой, и хлынула кровь, как туча, темная.
Души мертвых стекались из глубин Эреба:
невесты, юноши, старики, страдавшие много,
нежные девушки, с первой сердечной скорбью,
40   многие воины, пронзенные в битвах копьями
бронзовоострыми: доспехи испачканы кровью.
Отовсюду сходились толпами возле ямы,
вопящие страшно. Тогда, побледнев от страха,
я обратился к спутникам с приказом — тотчас
45   освежевать овцу и барана, лежавших рядом,
убитых лютой бронзой, и сжечь пронзенных,
помолившись Аиду и Персефоне ужасной.
Я вытащил острый меч, висевший в ножнах, —
сидел возле крови, запрещая немощным мертвым
50   приближаться, пока не выслушаю Тиресия.
Душа Эльпенора первая приблизилась,
ведь он еще не был предан земле просторной.
Мы оставили его неоплаканным у Цирцеи,
непогребенным, гонимые иной заботой.
55   Я увидел его и рыдал, и сочувствовал в сердце,
обратился к нему, говоря оперенное слово:
«Эльпенор, отчего ты явился в туманный сумрак —
пеший — быстрее, чем я на черном судне?»
Так я сказал. Тогда он вскричал и ответил:

60 «Лаэртид, сметливый Одиссей, потомок Зевса,
     меня погубил избыток вина и злосчастный
     жребий от бога: заснул, не догадался даже
     спуститься по длинной лестнице в дом Цирцеи.
     Я сорвался с крыши, сломались шейные
65   сочленения: душа спустилась в дом Аида.
     Прошу тебя ради твоей семьи далекой,
     ради жены и родителя (он тебя вырастил),
     ради сына (он один во дворце остался).
     Знаю, что ты уплывешь на крепком судне
70   отсюда, из дома Аида, на остров Ээю.
     Там, умоляю, владыка, обо мне припомни,
     неоплаканным не оставь, покидая остров,
     без могилы, — не вызови гнев бессмертных;
     сожги меня со всеми моими доспехами,
75   насыпь могильный холм возле пенного моря
     над несчастным — на долгую память людям.
     Исполни всё и воткни весло в могилу,
     за этим веслом я сидел, помогая товарищам».
     Так он сказал. Я промолвил ответное слово:
80   «Сделаю всё, о чем, несчастный, просишь».
     Мы обменивались горькими словами:
     я, держащий меч над кровью, а напротив
     поместился призрак многословного спутника.
     Приблизилась душа умершей матери, Антиклеи,
85   дочери Автолика. Когда в Илион священный
     мы отплыли, она, живая, осталась дома.
     Я увидел ее и рыдал, и сочувствовал в сердце,
     но даже в глубокой скорби не позволил
     приблизиться, пока не выслушаю Тиресия.
90   Подступила душа фиванца Тиресия, обладателя
     золотого жезла. Он узнал меня и промолвил:
     «Лаэртид, сметливый Одиссей, потомок Зевса,
     почему, несчастный, ты оставил сияние солнца,
     чтобы в печальном месте взглянуть на мертвых?

95   Отдались от ямы. Меч отведи заостренный,
        чтобы я выпил крови и поведал правду».
        Так он сказал. Я вложил среброгвоздный в ножны,
        отступив от ямы. Тиресий пригубил крови,
        безупречный провидец, и промолвил слово:
100   «Ищешь медвяного возвращения, славный
        Одиссей, но бог устроит трудное: приметлив
        Сотрясатель земли, вложивший в сердце ярость, —
        он разгневан, ведь ты ослепил его сына.
        Но, настрадавшись, всё же вернетесь, если
105   укротишь свое сердце и сдержишь спутников,
        когда, спасаясь от шторма на пурпурном море,
        подойдешь к Тринакии на крепком судне,
        на пастбищах встретишь коров и тучных баранов
        Гелиоса, который всё примечает и слышит.
110   Если не тронешь стадо, помня о возвращении, —
        вернетесь домой на Итаку, хоть и натерпитесь.
        Если же вред причинишь, предрекаю погибель
        судну и спутникам. Если один спасешься —
        возвратишься без спутников, поздно и горестно,
115   на чужом корабле, и встретишь несчастье в доме:
        дерзкие домогатели проедают имущество, сватаясь
        к богоравной жене, предлагая брачные подарки.
        Когда вернешься и местью воздашь за насилие:
        в своем дворце погубишь домогателей,
120   хитростью или открыто — острою бронзой, —
        крепкое возьми весло, отправляйся в дорогу,
        странствуй, пока не достигнешь народа, который
        не знает моря и не подсаливает пищу,
        неизвестны им краснощекие суда и весла
125   крепкие (они для судов все равно что крылья).
        Открою верную примету, чтобы запомнил, —
        когда наконец повстречается путник и скажет:
        «На славном плече ты несешь губителя мякины»,
        в землю крепкое воткни весло и владыке

130 Посейдону принеси прекрасные жертвы — барана,
     быка и кабана, от которого плодятся свиньи.
     Возвратишься, устроишь священные гекатомбы
     бессмертным богам, владеющим широким небом,
     каждому отдельно. Смерть, такая кроткая,
135 придет к тебе, неморская, сразит изнуренного
     гладкой старостью, люди твои в округе
     будут жить изобильно. Говорю тебе правду».
     Так он сказал. Я промолвил ответное слово:
     «Тиресий, сами боги, должно быть, выткали
140 твои слова, но скорей мне скажи, не скрывая.
     Рядом – смотрю – душа умершей матери,
     бессловесная, возле крови, не решается
     взглянуть на меня, обратиться к сыну. Владыка,
     что мне сделать, чтобы меня признала?»
145 Так я сказал. Он промолвил ответное слово:
     «Легкое слово скажу, наставление сердцу:
     тень мертвеца, которой ты позволишь
     приблизиться к черной крови, не скроет правды.
     Душа, которой откажешь, удалится обратно».
150 Так говорила душа владыки Тиресия;
     замолчала и возвратилась в дом Аида.
     Я оставался на месте, пока не приблизилась
     мать, — пригубила черной крови и взвыла,
     опознав меня, и сказала летучее слово:
155 «Как ты приплыл — живой — во мглу туманную,
     сыночек? Невыносимо все это видеть живому:
     в середине широкие реки, ужасные русла;
     более всех — река-Океан, невозможно
     пересечь ее, не имея крепкого судна.
160 Ты приплыл из Трои, блуждая на судне
     долго, вместе с командой? Не возвращался
     на Итаку? Видел ли Пенелопу в палатах?»
     Так говорила. Я промолвил ответное слово:
     «Необходимость отправила в дом Аида —

165 узнать предсказанье души фиванца Тиресия.
Нет, я не достиг Ахайи, не ступал на землю
отчую, но все блуждаю и терплю невзгоды
с тех пор, как отплыл за божественным Агамемноном —
в Илион, богатый конями, на войну с троянцами.

170 Но скорей мне скажи, ничего не скрывая:
что за смерть, бросающая навзничь,
тебя смирила — тяжелая болезнь иль Артемида,
лучница, подступив, убила стрелою легкой?
Скажи об отце, о сыне, оставленном на Итаке,

175 обладают ли властью, или другие властвуют
и верят твердо, что я не вернусь на Итаку?
Открой мне помыслы законной супруги,
осталась ли возле сына, стережет неизменно
дворец, или взял ее в жены лучший ахеец?»

180 Так я сказал, и ответила мать досточтимая:
«Она осталась, конечно, твердая сердцем
в доме твоем. Безотрадные дни и ночи
проходят, — она проливает горькие слезы.
Никто не сравнился с тобой прекрасною властью.

185 Телемах свободно владеет твоим уделом,
задает пиры, как творящему суд полагается,
приглашаемый всюду, а Лаэрт живет в деревне.
Он не ходит в город, не имеет своей постели,
ни плаща шерстяного, ни блестящего покрывала;

190 зимой засыпает в доме, вместе с прислугой,
в пыли, вблизи очага, тряпьем прикрытый,
но приходит лето и цветущая ранняя осень, —
повсюду на склонах, где растут виноградники,
готова подстилка из листьев, наваленных щедро.

195 Там он лежит, опечаленный, скорбь возрастает:
ждет твоего возвращения, стесненный старостью.
Вот почему я встретила смерть и погибла.
Нет, не лучница, прицельно бьющая, приблизилась
и умертвила меня в палатах стрелою легкой.

200   Не болезнь подступила, что изводит безжалостно
ненавистным мучением, вырывая жизнь из тела.
Прекрасный Одиссей, тоска по мудрости
и кротости твоей изъяла сладкое дыхание».
Так говорила она. Я возжаждал в сердце

205   обхватить руками тень умершей матери,
трижды стремился обнять по велению сердца,
трижды она ускользала, будто призрак,
во сне увиденный. Скорбь пронзила сердце.
Я окликнул ее, оперенное вымолвил слово:

210   «Почему избегаешь сына, который желает
обнять тебя, чтобы в доме Аида, прижавшись
друг к другу, насытиться ледяными слезами?
Призрак ли ты, встревоженный славной богиней,
Персефоной, чтоб скорбь умножить слезами?»

215   Так я сказал, и ответила мать досточтимая:
«Горе мне, сыночек, злосчастнейший смертный!
Персефона, Зевсова дочь, тебя не обманула.
Таков закон для всех, которые умирают:
жилы не сопрягают плоть и кости,

220   великая мощь огня смиряет тело,
как только дыхание покидает белые кости —
отлетает и носится, подобно сновидению.
Скорей устремляйся к свету, и всё запомни,
что видел здесь, — расскажешь потом Пенелопе».

225   Так отвечали друг другу, пока не приблизились
женщины, посланные славной Персефоной,
многие жены и дочери бесподобных героев.
Собирались толпами возле черной крови.
Я раздумывал, как расспросить бы каждую.

230   Лучшим представился в сердце замысел этот:
я выхватил острый меч, висевший в ножнах, —
не позволил совместно пригубить крови.
Они подходили одна за другой, и каждая,
пока я расспрашивал, говорила о детях.

235   Сначала я встретил благородную Тиро;
        ее родитель (она сказала) — безупречный
        Салмоней, а замуж вышла за Крефея Эолида.
        Она полюбила речного бога, Энипея,
        на земле он — прекрасней всех потоков.
240   Она приходила часто к любезным струям.
        Приняв обличье реки, Держатель тверди
        обнял ее, Сотрясатель, в водоворотном устье
        (багряная волна окружила громадной грядою,
        изогнулась, спрятав бога и смертную женщину),

245   развязал девический пояс, излил дремоту
        на Тиро, а когда завершил труды любовные,
        за руку взял и промолвил, назвав по имени:
        «Женщина, радуйся близости! Год не окончится —
        родишь прекрасных детей (не напрасна близость
250   с бессмертным); храни сыновей и вскармливай.
        Возвращайся домой, никому не рассказывай,
        что была с Посейдоном, Сотрясателем тверди».
        Так он сказал и нырнул в штормящее море.
        Забеременев, она родила Неле́я и Пе́лия,

255   выросли сильными слугами мощного Зевса
братья: Пелий, богатый овцами, поселился
в просторном Иолке, Нелей — в песчаном Пилосе.
Владычица в женах Крефею родила Эсона,
Ферета, Амифаона, колесничного воина.

260   Потом я встретил Антиопу, дочь Асопа,
она хвалилась, что лежала в объятьях Зевса,
родила двух мальчиков — Амфиона и Зета:
они основали семивратные Фивы, построили
стены, потому что без стен в просторных Фивах

265   не могли остаться, обладая великой силой.
Повстречалась Алкмена, жена Амфитриона,
она сочеталась любовью с великим Зевсом,
родила бесстрашного Геракла с львиным сердцем.
Я видел Мегару, дочь отважного Креонта,

270   жену непреклонного сына Амфитрионова.
Я встретил мать Эдипа, прекрасную Эпикасту.
Она совершила ужасный поступок, в неведенье
вышла замуж за сына. (Убийца родителя,
он взял ее в жены, богами тотчас ославленный.)

275 Скорбный, он правил кадмейцами в любезных Фивах
по страшному замыслу небожителей. Эпикаста
спустилась в дом Аида, мощного привратника,
приладила петлю к стропилам высокой кровли,
охваченная скорбью, оставив Эдипу горести,

280 всё то, что приносят эринии материнские.
Встретилась прекрасная Хлорида, взятая в жены
за красоту — Нелеем, после многих подарков.
Она была младшая дочь Амфиона Ясонида
(всевластный, он правил минийским Орхоменом),

285 царствовала в Пилосе и детей родила Нелею:
Нестора, Хромия, рьяного Периклемена,
родила красавицу Перо на восхищенье смертным,
за нее соседи сватались, а Нелей стремился
отдать за того, кто угонит из Филаки стадо

290 неуклюжих, лобастых коров могучего Ификла.
Трудное дело. Один безупречный провидец
обещал привести, помешала пастушья свирепость,
тяжесть оков, жестокий жребий от бога.
Когда наконец исполнились дни и месяцы,

295 и круг годовой совершился, и периоды года,
мощный Ификл отпустил провидца, который
изрек пророчество: исполнилась воля Зевса.
Встретилась Леда, жена Тиндарея, родившая
отважных сыновей: искусный наездник Кастор,

300 Полидевк, изощренный в кулачной доблести.
Хлебородная земля удерживает братьев,
но даже под землей почитаемы Зевсом:
день один живут, на другой умирают —
поочередно, — выпала честь наравне с богами.

305 Встретилась Ифимедия, жена Алоэя.
Она рассказала, что сошлась с Посейдоном,
двух сыновей родила недолговечных:
славного Эфиальта, Ота, подобного богу.
Хлебодарная земля никого не вскармливала

310   выше ростом и прекрасней, за исключеньем
       Ориона. В девять лет в плечах имели
       девять локтей, на девять сажен выросли.
       Они грозились затеять неистовый натиск —
       битву против бессмертных богов олимпийских,
315   хотели Оссу поднять на Олимп, на Оссу —
       Пелион чащобный, чтобы взойти на небо.
       Осуществили бы замысел, если бы возмужали,
       но Зевсов сын, рожденный пышнокудрой Лето,
       убил обоих, прежде чем появилась
320   на скулах нежная поросль, густая бородка.
       Я видел Федру, Прокриду, прекрасную Ариадну,
       дочь жестокого Миноса, которую из Крита
       Тезей увез к священной скале афинской;
       не смог насладиться — на омываемой Дии
325   Артемида убила ее, по навету Дионисия.
       Я видел Майру, Климену, отвратную Эрифилу,
       предавшую мужа в обмен на хвалимое золото.
       Встретились многие дочери, жены героев,
       я не смог бы сказать обо всех, скорее сникнет
330   бессмертная ночь, теперь же настало время
       ложиться спать во дворце или на судне, —
       наравне с богами вы радеете об отплытии.
       Так говорил. Они сидели, безмолвные,
       плененные рассказом в потускневших палатах.
335   Белорукая Арета первая говорила с гостями:
       «Феакийцы, кто́ он для вас, человек, прекрасный
       лицом и ростом, разумом ясным и сдержанным?
       Он гостит у меня, но каждый — соучастник почестей.
       Не спешите отсылать в дорогу, не скупитесь
340   на подарки, ведь он — в нужде. Богатство в избытке
       хранится в ваших дворцах, по воле бессмертных».
       Потом промолвил храбрый Эхеной, старейший,
       рожденный раньше, чем другие феакийцы:
       «Друзья, разумная царица говорила правильно,

345 　не против ожиданья речь. Подчинитесь просьбе,
　　　но крайнее слово принадлежит Алкиною».
　　　Алкиной, отвечая, промолвил: «Это слово —
　　　да будет оно исполнено так же бесспорно,
　　　как то, что я действительно царь феакийцев,
350 　любящих весла… Гость, хоть и жаждет вернуться,
　　　пусть подождет до завтра, а я подготовлю
　　　подарки достойные… Все порадеют о проводах,
　　　я порадею особо — как облеченный властью».
　　　Одиссей прозорливый промолвил в ответ Алкиною:
355 　«Алкиной, повелитель, между народами славный!
　　　Если прикажете на́ год остаться на острове
　　　и отправите в путь с прекрасными дарами,
　　　я хотел бы остаться здесь, ведь гораздо выгодней
　　　вернуться в отчизну, имея в руках прибыток;
360 　тогда возрастет, конечно, приязнь и почтение
　　　людей, которые встретят меня на Итаке».
　　　Царь Алкиной промолвил в ответ Одиссею:
　　　«Одиссей, взглянув на тебя, не станем думать,
　　　что ты — один из многих хитрых обманщиков,
365 　которые всюду на черной земле плодятся,
　　　выдумывают ложь, неотличимую от правды.
　　　Есть стройность в твоем рассказе и доблесть
　　　мудрости: ты говорил, как певец искусный,
　　　о всеахейских горестях, о своих злоключениях.
370 　Скорей поведай, не скрывая, повстречался ли
　　　кто-нибудь из богоравных героев, которые
　　　отплыли с тобой в Илион и там погибли?
　　　Эта ночь несказа́нно длинна, еще не время
　　　ложиться спать, расскажи мне чудесные вещи.
375 　Я слушал бы до зари божественной, если
　　　ты дерзнешь поведать о своих несчастьях».
　　　Одиссей прозорливый промолвил в ответ Алкиною:
　　　«Алкиной, повелитель, между народами славный!
　　　Есть время для снов и время для разговоров.

380   Если желаешь слушать, не откажусь, поведаю
об этом и еще о том, что гораздо горестней,
о несчастье товарищей, погибших после,
когда избежали смерти в скорбных битвах,
возвратились, чтобы погибнуть по воле женщины
385   бесчестной… Когда безупречная Персефона
повсюду рассеяла женские тени, приблизилась
скорбящая душа Агамемнона, сына Атрея,
вокруг остальные, которые вместе с Атридом
встретили смерть, убитые в доме Эгисфа.
390   Он узнал меня, напившись черной крови,
горько рыдал, проливая обильные слезы,
руки тянул ко мне, порываясь дотронуться,
но не осталось надежной крепости в жилах,
упругости, ослабшим рукам присущей прежде.
395   Я увидел его и рыдал, и сочувствовал в сердце,
обратился к нему и сказал оперенное слово:
«Великий Атрид Агамемнон, властитель народов,
что за жребий смерти, бросающей навзничь,
сокрушил тебя? Посейдон ли — во время плаванья,
400   подняв безотрадный натиск ужасной бури,
или, быть может, погублен врагом на суше,
уводивший чужих коров или овечье стадо,
или в битве за город, ради захвата женщин?»
Так я сказал. Он промолвил ответное слово:
405   «Лаэртид, сметливый Одиссей, потомок Зевса,
не Посейдон одолел среди судов на море,
подняв безотрадный натиск ужасной бури, —
нет, не враги погубили меня на суше,
Эгисф подготовил убийство, обрек на гибель,
410   и проклятая Клитемнестра: во дворец заманили,
на пиру зарезали, будто быка над кормушкой, —
жалкая смерть, а вокруг убивали спутников,
скопом, будто кабанов клыкастых, закланных
в доме властного богача на веселый праздник,

415 или на свадьбу, на общинное пиршество.
     Ты ведь знаешь, как умирают люди,
     в схватке один на один или в натиске битвы.
     Ты восскорбел бы, если бы нас увидел,
     простертых возле кратеров и столов со снедью,
420 наша кровь текла по дворцовым плитам.
     Но жалостней всех кричала дочь Приама,
     убитая рядом двоедушной Клитемнестрой.
     Пронзенный мечом, умирающий, я защищался
     (опускались бессильно руки). Она отвернулась,
425 собачьелицая, не закрыла глаза уходящему
     в дом Аида, не сомкнула рот приоткрытый.
     Воистину, нет ничего постыдней и отвратней
     женщины, вложившей подобный замысел в сердце —
     позорное, непотребное дело, убийство
430 законного мужа. Я, конечно, рассчитывал,
     что вернусь домой, любезный детям и слугам.
     Она навлекла позор отвратным замыслом,
     беспримерным, на себя и на женщин, которые
     народятся после, даже на добродетельных».
435 Так он сказал. Я промолвил ответное слово:
     «О, горе! Зевс, повсюду гремящий, ненавидит
     потомков Атрея, которых губит коварство
     женское: мы умирали во множестве за Елену,
     Клитемнестра строила козни в твое отсутствие».
440 Так я сказал. Он промолвил ответное слово:
     «Вот почему не доверяйся женщине,
     не говори всего, что тебе известно, —
     скажи одно, другое останется нераскрытым.
     Тебя, Одиссей, жена не погубит, конечно, —
445 слишком она осмотрительна, не злокозненна,
     дочь Икария, осторожная Пенелопа.
     Пенелопу совсем еще юную мы покинули
     (Телемах был младенцем), когда на войну отплыли.
     Твой сын, должно быть, в числе мужей, счастливец,

450 восседает… Ты вернешься, увидишь сына,
который (таков обычай) прильнет к родителю.
Клитемнестра меня убила, не позволив
наполнить отцовский взгляд лицом сыновьим.
Скажу другое слово — запомни в сердце:
455 не открыто – тайком направляй корабль
в отчую землю, больше нет веры женщинам.
Но скорей поведай, не скрывая правды:
что вы слышали о сыне, до сих пор живущем
где-нибудь в Орхомене, или в песчаном Пилосе,
460 или в обширной Спарте, во дворце Менелая,
ведь не умер еще Орест, подобный богу?»
Так он сказал. Я промолвил ответное слово:
«Атрид, зачем ты расспрашиваешь? Я не знаю,
он жив или мертв; пустой разговор — постыден».
465 Так мы стояли, скорбные, отвечая друг другу
горькими словами, проливая обильные слезы.
Приблизилась душа Ахилла, Пелеева сына,
душа Патрокла, душа безупречного Антилоха,
душа Аякса (после славного Пелида
470 он превзошел данайцев видом и ростом).
Опознала меня душа проворного Эакида.
Ахилл восскорбел, сказал оперенное слово:
«Лаэртид, сметливый Одиссей, потомок Зевса,
настырный, что еще ты отважишься сделать?
475 Дерзнул сюда спуститься, где обитают
бесчувственные тени, призраки смертных?»
Так он сказал. Я промолвил ответное слово:
«Ахилл, Пелеев сын, храбрейший ахеец,
я приплыл за советом вещего Тиресия
480 о возвратном плаваньи на каменистую Итаку.
Я не достиг Ахайи, не возвращался в отчизну,
но терплю невзгоды… Никого не бывает,
Ахилл, блаженней тебя в минувшем и будущем.
Когда ты был жив, мы чтили тебя как бога,

485   все аргивяне. Теперь верховодишь мертвыми,
        обитая здесь… Ахилл, не терзайся в смерти».
        Так я сказал. Он промолвил ответное слово:
        «Не утешай меня в смерти, Одиссей благородный.
        Лучше бы мне батрачить, служить чужому,
490   безземельному, неимущему, живущему впроголодь,
        чем верховодить всеми никчемными трупами.
        Но скорее слово скажи о доблестном сыне:
        отправился ратовать, был или не был первым?
        Скажи, если слышал, о безупречном Пелее,
495   до сих пор он в почете среди мирмидонцев,
        или больше не чтут Пелея в Элладе, во Фтии,
        потому что старость стеснила руки и ноги?
        Я не помощник Пелею под лучами солнца,
        не тот Ахилл, что сражался в обширной Трое,
500   губитель лучших воинов, защитник ахейцев.
        Если бы я появился в отцовском доме —
        заставил бы всех, кто теснит и бесславит Пелея,
        ненавидеть необоримые, мощные руки».
        Так он сказал. Я промолвил ответное слово:
505   «Я ничего не знаю о безупречном Пелее,
        но скажу тебе, не скрывая, как просишь,
        всю правду о сыне, любезном Неоптолеме.
        Это я доставил его на гладком судне
        из Скироса — в лагерь крепкопоножных ахейцев.
510   Когда мы держали совет возле Трои, вначале
        он говорил — никогда не ошибался словом,
        уступал только мне и богоподобному Нестору.
        Когда на троянской равнине сражались ахейцы,
        он не медлил в толпе, за спинами воинов,
515   вырывался вперед, отважнее прочих ратников,
        губитель множества воинов в страшной битве.
        Я не смог бы сказать обо всех и назвать поименно
        ратоборцев, которых убил он, защитник ахейцев:
        Эврипила сразил, Телефида, — острою бронзой,

520 вокруг полегли во множестве кетейские воины
из-за подарков, поднесенных женщине (прекрасней
не было ратника, после дивного Мемнона).
Когда ахейцы влезли в конское брюхо
(конь — изделье Эпея), меня назначили
525 отворять, запирать переполненную засаду,
другие предводители войск и цари данайские
утирали слезы (от страха тряслись поджилки),
но я не видел, чтобы покрылось бледностью
его прекрасное лицо, чтобы он вытер слезы.
530 Он просился наружу из конского брюха,
сжимая рукоять меча и копье, отягченное
бронзой, замышляя недоброе против троянцев.
Когда мы разграбили высокий город Приама,
он отплыл, получив достойную долю трофеев,
535 ни единой раны от заостренной бронзы,
ни царапины в рукопашных, как бывает часто
на войне, где Арес без разбора беснуется».
Так я сказал, и душа проворного Эакида
удалилась широким шагом в луга асфоделей,
540 радуясь моим словам о сыновней славе.
Другие души умерших стояли скорбные;
каждая рассказывала о своей печали.
Только душа Аякса Теламонида
сторонилась, гневная из-за моей победы
545 (вдвоем мы спорили за доспехи Ахилла,
чья досточтимая мать устроила состязание,
а судьями были троянцы и Афина Паллада).
Лучше бы мне остаться без этой награды,
потому что земля покрыла такую голову!
550 Аякс — он видом своим и делами достойней
всех данайцев, после безупречного Пелида.
Я обратился к нему с примирительным словом:
«Сын безупречного Теламона, Аякс, неужели
не оставишь и в смерти ненависть из-за доспехов

555 проклятых? Это боги навредили аргивянам:
что за великий оплот уничтожен! Беспрестанно
ахейцы скорбели о столь же несносной смерти,
как смерть Ахилла, Пелеева сына. Виновник
единственный — Зевс, это Зевс обрек на гибель,
560 ненавидевший войско данайских ратников.
Но скорей подойди, владыка, и выслушай,
укроти свою горячность и гордое сердце».
Так я промолвил. Он не ответил, удалился
к душам отживших мертвых, в Эреб, и все же
565 он мог бы заговорить со мной, конечно,
даже во гневе; я отвечал бы ему, но сердце
желало видеть тени других умерших.
Встретился Минос, отпрыск Зевса, обладатель
золотого жезла: сидел он, судья над мертвыми,
570 а вокруг владыки собра́лись души в ожиданье
приговора — в широковратном доме Аида.
Потом я встретил Ориона, в лугах асфоделей, —
диких зверей, убитых некогда на вершинах
безлюдных, преследовал мощный охотник,
575 потрясая бронзовой палицей, несокрушимой.
Я видел Тития, сына славной Геи:
Титий на девяти распростерся плетрах,
два коршуна с обеих сторон терзали печень,
пропарывая брюшину. Он отбивался тщетно,
580 похитивший Лето, подругу Зевса, на дороге
в Пифон — в Панопее, где танцуют искусно.
Я видел Тантала, его жестокую пытку:
он стоял в воде, доходившей до подбородка,
испытывал жажду, не мог зачерпнуть и пригубить.
585 Когда нагибался старик, желая напиться, —
вода пропадала, втянутая, и земля появлялась
черная под ногами, божеством иссушенная.
Рослые растекались плодами сверху — яблони
с наливными яблоками, груши, гранатовые

590 деревья, оливы, любезные, сладкие смоквы.
     Когда старик хотел дотянуться руками,
     ветер забрасывал ветви к сумрачным тучам.
     Я видел Сизифа, его жестокую пытку:
     он руками подталкивал огромный камень,

595 упираясь ногами, руками, вкатывал камень
     на́ гору, и когда почти переваливал камень
     через вершину — тот возвращался с грохотом,
     бесстыдный, скатывался снова на равнину,
     и снова, напрягшись, он подталкивал камень,

600 пот струился, пыль над головой всходила.
     Потом я увидел призрак мощного Геракла,
     а сам Геракл наслаждается на пирах с богами,
     с Гебой, женою, прекраснолодыжной дочерью
     Зевса и Геры, носящей золотые сандалии.

605 Вокруг кричали мертвые, будто смятенные,
     напуганные птицы. Подобно черной ночи,
     он держал оголенный лук (стрела лежала
     на тетиве), озирался, прицеливался зловеще.
     На Геракле — золотая перевязь, страшная,

610 на которой запечатлены дела чудесные:
     медведи, вепри, львы с пылающим взором,
     схватки, убийства, раздоры, кровопролития.
     Пусть искусник, который сделал перевязь,
     не станет изощряться, мастерить подобную!

615 Он тотчас узнал меня, как только увидел,
     и восскорбел, оперенное слово промолвив:
     «Лаэртид, сметливый Одиссей, потомок Зевса,
     несчастный, и тебя постигла злая участь,
     которая досталась мне под солнцем?

620 Зевса Крониона сын, я испытывал горести
     бессчетные, служил тому, кто гораздо хуже,
     он понуждал меня к трудам тяжелым.
     Однажды отправил сюда — похитить Цербера,
     полагая, что нет испытания непосильней.

625 Я похитил его и выволок из дома Аида, —
      Гермес мне помог и светлоокая Афина».
      Так он сказал и возвратился в дом Аида.
      Я оставался на месте: что, если кто-нибудь
      явится из героев, которые давно погибли?
630 Я увидел бы, желая встречи, древних
      Тезея с Пирифоем, сыновей богов, героев,
      но вокруг мертвецы собирались толпами,
      вопящие страшно. Я побледнел от страха,
      что благородная Персефона вышлет
635 голову страшной Горгоны из дома Аида.
      Я возвратился к судну, приказал команде
      взойти на корабль, отвязать кормовые канаты.
      Тотчас взошли, расселись возле уключин.
      Мы переплыли потоки реки-Океана,
640 сначала на веслах, потом — под благостным ветром.

ПЕСНЬ ДВЕНАДЦАТАЯ

Мы оставили теченье реки-Океана,
на волнах широкого моря достиг корабль
Ээи, óстрова, где рано встающая Эос
живет и танцует, где восходит Гелиос.

5   Когда корабль пристал к песчаному берегу,
мы спустились на землю возле прибоя,
спать улеглись, ожидая бессмертную Эос.
Розовым проблеском ранняя Эос явилась.
Я отправил спутников в дом Цирцеи,

10   чтобы забрали мертвого Эльпенора.
Мы нарубили поленьев, на закраине мыса
похоронили его, проливая слезы.
Когда вместе с трупом сожгли доспехи —
насыпали холм, затащили каменный надолб,

15   крепкое весло воткнули в могильную насыпь.
Исполнили всё. Цирцея узнала тем временем
о нашем возвращеньи из аида. Нарядилась,
пришла, а следом служанки принесли запасы
мяса и хлеба и вино сияюще-красное.

20   Она говорила со всеми, бессмертная Цирцея:
«Дерзкие, вы живьем спустились в дом Аида,
смертные дважды, а другие единожды смертны, —
насыщайтесь снедью, пейте вино до сумерек,
завтра плывите, только заря займется.

25   Расскажу о дороге, открою подробности,
чтоб на земле и на море вы не терпели
горестей из-за губительного коварства».
Так говорила. Послушались в сердце отважном.
До захода солнца целый день сидели,

30   угощались сладким вином и обильным мясом.
Когда опустилось солнце и настала темень,
заснули спутники возле кормовых канатов.
Она взяла меня за руку, отвела подальше,
усадила и расспрашивала, улегшись рядом.

35   Я рассказал богине обо всем подробно.
Тогда ответила досточтимая Цирцея:
«Ты всё сделал, как должно. Теперь послушай,
что поведаю (бог напомнит отдельно).
Сперва подплывешь к Сиренам (они прельщают

40   мореходов, которые подплывают близко).
Кто приблизится по неведенью и услышит
голос сирен, домой не вернется, не выйдут
жена и малые дети — встретить с дороги.
Сирены прельщают слух пронзительной песней,

45   на луговине сидят, а вокруг изгнивают
людские кости, покрытые сморщенной кожей.
Проплывай на судне, замазав уши команде
размягченным воском, чтобы не слышали.
Если же сам пожелаешь выслушать пение,

50   пусть тебя по рукам и ногам обвяжут
возле мачты — и закрепят концы каната,
тогда насладишься, слушая сдвоенный голос.
Если же взмолишься, прикажешь распутать,
пусть еще крепче сдавят тебя канатами.

55   Когда они отведут корабль от острова…
не доскажу тебе, из двух направлений
которое выберешь в дальнейшем плаваньи —
сердцем надумаешь. Открою два направления.
Нависшие скалы с одной стороны, а напротив

60 ревет волна темноглазой Амфитриты.
    Блаженные боги назвали скалы Планктами.
    Птица не пролетит, даже робкие голуби,
    которые носят амброзию Зевсу-родителю.
    Всегда одного похищают гладкие скалы,
65 родитель новую птицу шлет на замену.
    Корабль, подплыв, не вырвется невредимым,
    морские волны, порывы смертельного пламени
    уносят людские тела, обломки крушений.
    Один корабль проскользнул, плывя от Ээта,
70 мореходный «Арго», известный повсюду.
    Даже тогда отбросило бы на скалы,
    но Гера провела корабль ради Ясона.
    Есть еще скалы: одна в широкое небо
    забирается острой вершиной, объятая
75 темною тучей, неподвижной. Небо
    вечно застлано, летом и ранней осенью.
    Смертный наверх не поднимется, не одолеет,
    будь он двадцатируким, двадцатиногим:
    гладкие камни будто бы отполированы;
80 посередине — пещера во мгле, обращенная
    в сторону ночи, к Эребу. Полый корабль
    направишь мимо скалы, Одиссей бесподобный.
    Даже стрела, которую мощный лучник
    пустит с полого судна, не достигнет пещеры.
85 Там обитает Сцилла, несносно скулящая,
    повизгивает как щенок, рожденный недавно,
    чудовище, которому каждый ужаснется,
    будь он даже богом, — если встретит Сциллу.
    Двенадцатиногая (ноги — слабые, безобра́зные),
90 шесть удлинений шейных, сверху насажены
    ужасные головы, зубы тремя рядами
    теснятся в пастях, полные черной смерти.
    Нижняя половина спрятана в пещере,
    Сцилла выносит головы из жуткой впадины,

95   оглядывает море, отлавливает дельфинов,
      тюленей, охотится на огромных рыбин,
      которых питает бурлящая Амфитрита.
      Никогда моряки не похвалятся, что проплыли
      невредимые, но каждая пасть хватает
100   человека и уносит с черноносого судна.
      Вторая скала, Одиссей, поменьше, неподалеку
      от первой, на расстояньи выстрела из лука.
      На скале — высокая густолистая смоковница,
      внизу глотает черную воду Харибда,
105   бессмертная. Трижды в день глотает, трижды
      извергает, ужасная. Не подплывай, когда глотает;
      Сотрясатель земли — даже он не спасет от смерти.
      Корабль направь к скале, где обитает Сцилла,
      проскальзывай мимо, — лучше недосчитаться
110   шестерых, чем оплакивать всю команду».
      Так говорила она. Я ответил Цирцее:
      «Скорей мне скажи, не скрывая, богиня:
      смогу ли спастись от гибельной Харибды,
      отбиться от Сциллы, когда похищает спутников?»
115   Так я сказал. Ответила бессмертная Цирцея:
      «Дерзкий, опять озаботился ратным подвигом,
      изнуряющим? Даже богам уступить не хочешь.
      Сцилла — не смертная пагуба, но бессмертная,
      ужасная, непосильная, лютая, неодолимая.
120   Тщетна защита, лучше спасайся бегством.
      Если в доспехах помедлишь вблизи от Сциллы,
      боюсь, что снова набросится шестью головами,
      утащит с собой в пещеру столько же спутников.
      Разгонишь корабль, громко призвав Кратию:
125   она породила Сциллу на погибель смертным,
      она не позволит Сцилле накинуться снова.
      Приблизишься к Тринакии, где пасется
      множество коров и тучных баранов Гелиоса:
      семь коровьих, столько же стад бараньих,

130   пятьдесят голов на стадо. Приплод не родится,
        не вымирают они, хранимые богинями,
        пышнокудрыми нимфами Фаэтусой и Лампетией,
        которых родила бессмертная Неайра — Гелиосу
        Гипериону, родила и вырастила, досточтимая,
135   отправила в далекую землю, на Тринакию,
        стеречь отцовских баранов и коров криворогих.
        Если не тронешь стадо, помня о возвращении, —
        вернетесь домой на Итаку, хоть и натерпитесь.
        Если же вред причинишь, предрекаю погибель
140   судну и спутникам. Если один спасешься —
        возвратишься без спутников, поздно и горестно».
        Замолчала. Следом пришла златотронная Эос,
        бессмертная Цирцея покинула берег моря.
        Я возвратился к судну и приказал команде
145   взойти на корабль, отвязать кормовые канаты.
        Тотчас взошли, расселись возле уключин,
        веслами взбили пенное море. Цирцея
        пышнокудрая, ужасная богиня, которая
        говорит как люди, пустила за черным судном
150   славного спутника — ветер, дующий в парус.
        Закрепив канаты, мы сидели на палубе,
        ветер и кормчий правили нашим судном.
        Я обратился к спутникам, сокрушаясь в сердце:
        «Друзья, не один или двое, но каждый спутник
155   должен знать пророчество вещей Цирцеи.
        Скажу, чтобы знали: нам предстоит погибель —
        или, спасенные, мы ускользнем от смерти.
        Она велит остеречься цветочного луга,
        сладостной песни сирен, поющих чудно.
160   Мне одному повелела выслушать песню.
        Свяжите меня, чтоб стоял, не двигаясь, возле
        подножия мачты, закрепи́те концы каната.
        Если взмолюсь, призывая, чтобы распутали, —
        крепче сдави́те добавочными канатами».

165 Так говорил, открывая подробности спутникам.
Наконец, подгоняемый ветром, крепкий корабль
приблизился к острову, где живут Сирены.
Тотчас улегся ветер, наступило безветрие
повсюду на море. Божество укротило волны.
170 Спутники встали, свернули парус и бросили
внутрь пустотелого судна, возле уключин
расселись и вспенили воду гладкими веслами.
Острым мечом я рассек на мелкие части
круг пчелиного воска, сдавил в ладонях:
175 быстро согрелся воск, побуждаемый мощью
крепких ладоней, лучами владыки Гелиоса
Гипериона. Тогда я замазал уши спутникам.
Они связали меня у подножия мачты,
по рукам и ногам, закрепили концы каната,
180 расселись и взбили веслами пенное море.
Подошли вплотную, на расстояние голоса,
спешили проплыть. Сирены заметили судно
скороходное, приготовили звучную песню:
«Скорей сюда, Одиссей блистательный, слава
185 ахейских мужей, остановись, послушай песню.
Никто не проплывет на черном судне, не выслушав
сладостной песни из наших ртов, но сначала
насладится — и плывет домой, насыщенный знанием.
Ведомо всё, что терпели в широкой Трое
190 аргивяне, троянцы, — по воле богов, мы знаем
всё, что бывает на земле, питающей многих».
Так они пели, издавая прекрасные звуки.
Сердце желало слушать. Опуская брови,
я приказал развязать канаты, но спутники
195 налегли на весла. Эврилох с Перимедом
поднялись, сильней обвязали меня канатом.
Когда наконец позади оставили остров,
в месте, где не было слышно певчего голоса,
верные спутники воск извлекли, который

200   застил слух, и отвязали меня от мачты.
Мы отплыли от острова. Я увидел вскоре
дым и громадные волны, услышал грохот.
Испугались спутники, весла выпали, лопасти
хлопали по воде. Корабль застыл на месте,
205   не подгоняемый заостренными веслами.
На судне я подходил поочередно к спутникам
и подбадривал, призывая ласковым словом:
«Друзья, не понаслышке нам известны беды,
но эта напасть, конечно, не страшней циклопа,
210   который нас притеснял свирепо в пещере,
оттуда я выручил вас, полагаясь на разум
доблестный. Верю, об этом вы тоже вспомните.
Скорей подчинимся слову, которое молвлю:
рассевшись возле уключин, ударьте веслами
215   по глубокой морской воде, тогда, быть может,
Зевс позволит спастись, уклониться от смерти.
Кормчий, тебе говорю (положи на сердце,
ты правишь кормилом на пустотелом судне),
отведи корабль подальше от волн и дыма,
220   ближе к другой скале, чтоб корабль случайно
не отнесло туда, не позволь погибнуть».
Так я сказал. Они подчинились слову
(я промолчал о Сцилле, неодолимой пагубе,
чтобы они не бросили вёсла от страха,

225 чтобы не забились в судовые трюмы).
Я пренебрег нелегким наказом Цирцеи,
ведь она не велела надевать доспехи.
Я облекся в доспехи, в каждой ладони
длинное сжал копье, на передней палубе
230 ходил, ожидая, когда появится Сцилла,
живущая в пещере, погибель спутников;
не было сил высматривать, глаза уставали
озирать скалу, окутанную блеклой дымкой.
Мы проходили узкий пролив и плакали.
235 Сцилла — с одной стороны, с другой — Харибда,
бессмертная, дико глотала морскую воду.
Изрыгая воду, будто котел, оставленный
на большом огне, бурлила, соленой пеной
дохлестывала до вершин, а когда глотала
240 морскую воду — изнутри открывалась, чудовище
смятенное, а вокруг скалы надрывалось море,
внизу, под скалой, появлялось дно, занесенное
черным песком. Объятые бледным страхом,
мы смотрели на Харибду, опасаясь смерти.
245 Тогда похитила Сцилла шестерых товарищей,
на полом судне, самых выносливых спутников.
Я оглядел команду на быстром судне,
над собой увидел руки и ноги спутников,
унесенных вверх. Они сокрушались в сердце,
250 в последний раз окликали меня по имени.
Как рыболов на выступе, с длинной удочкой,
бросает корм, приманку — невеликим рыбам,
закидывает рог быка, обитателя пастбищ,
и рывком вытаскивает скрюченную рыбу,
255 так же корчились спутники, взятые в пещеру.
Она сожрала их в проеме. Они вопили,
тянули руки ко мне в безмерных мучениях.
Из невзгод, что вытерпел, изведав море,
ничего не видел беспомощней этого зрелища.

260 Мы избежали Сциллы и ужасной Харибды,
     достигли славного острова, владений бога,
     где паслись прекрасные, широколобые
     коровы и тучные бараны Гипериона.
     Когда мы плыли по морю на черном судне,
265 я услышал коров, мычавших в ночном загоне,
     и баранье блеяние, — врезалось в сердце слово
     ээйской Цирцеи и незрячего предсказателя,
     фиванца Тиресия: велели остеречься острова,
     которым владеет Гелиос, всеобщий утешитель.
270 Я обратился к спутникам, сокрушаясь в сердце:
     «Выслушайте, хоть и натерпелись, спутники.
     Я поведаю вам прорицанье Тиресия
     и ээйской Цирцеи: велели остеречься острова,
     которым владеет Гелиос, всеобщий утешитель.
275 Здесь, говорили, ожидает худшая пагуба,
     держите черный корабль подальше от острова».
     Так я сказал. Сокрушилось каждое сердце.
     Эврилох ответил тотчас — озлобленным словом:
     «Ты жесток, Одиссей, неутомимый, мощный
280 крепостью мышц, как будто весь — железный,
     спутникам не велишь, измотанным трудами,
     не смыкавшим глаз, сойти на землю, приготовить
     желанный ужин на острове, окруженном волнами.
     Велишь скитаться сквозь наступившую темень,
285 блуждать вдали от острова, в туманном море.
     Ночью рождается убийственный ветер, погибель
     для судна. Не спастись от неизбежной смерти,
     если буря настигнет внезапным порывом
     Нота и Зефира буйного, разбивающих судно
290 против воли богов всемогущих. Сейчас же
     подчинимся черной ночи, приготовим ужин
     возле быстрого судна, чтобы на рассвете
     взойти на корабль и отплыть в широкое море».
     Так говорил Эврилох, согласились другие.

295 Тогда я понял: божество замышляло погибель.
Я сказал Эврилоху, промолвив летучее слово:
«Эврилох, вы взяли верх надо мной, бесспорно,
но скорей клянитесь, каждый — крепкою клятвой:
если встретим коровье или баранье стадо,
300 пусть никто не погубит в лютом безумстве
ни одной коровы или барана — насыщайтесь
пищей, которую выдала вам Цирцея».
Так я сказал. Они подчинились и начали
клясться, а когда зареклись, закончив клятву, —
305 мы оставили судно в продолговатой гавани,
неподалеку от сладкого источника. Спутники
вышли на берег, тотча́с приготовили ужин.
Когда отвадили голод, утолили жажду, —
вспоминали, оплакивая, дорогих товарищей,
310 унесенных с полого судна, сожранных Сциллой.
Сладкий сон снизошел на рыдавших горько.
В последнюю треть темноты сместились звезды,
Зевс, собирающий тучи, поднял порывы
чудовищной бури, спрятал под тучами
315 землю и море. Ночь обрушилась с неба.
Розовым проблеском ранняя Эос явилась.
Поставили судно на якорь в полой пещере,
где нимфы живут, прекрасное место для танцев.
Я собрал своих людей, говорил со всеми:
320 «Друзья, на быстром судне — питье и пища,
пощадим коров, иначе претерпим горести;
это коровы и тучные бараны Гелиоса,
страшного бога (он всё примечает и слышит)».
Так я сказал. Послушались в сердце отважном.
325 Целый месяц распалялся Нот неистово,
только Эвр и Нот поднимались на море.
Пока хватало красного вина и снеди,
щадили коров, потому что желали выжить.
Когда на судне закончились все припасы,

330   скитались спутники, охотились поневоле
      на птиц и рыб (если были они под рукою),
      изогнутыми крюками; голод измучил брюхо.
      Я отправился прочь от берега, помолиться:
      вдруг мне кто-нибудь укажет дорогу.
335   Когда удалился от берега, избегая спутников,
      в месте, где ветер не дует, омыл ладони,
      всех олимпийских богов призвал в молитве,
      а боги излили сладкий сон на ресницы.
      Эврилох говорил, внушая недобрый помысел:
340   «Выслушайте, хоть и натерпелись, спутники.
      Всякая гибель постыла несчастным смертным,
      но гибель от голода — самый жалкий жребий.
      Пригоните лучших коров из стада Гелиоса —
      в жертву богам, хозяевам широкого неба.
345   Если мы вернемся на родную Итаку,
      тотчас выстроим богатый храм Гипериону
      Гелиосу — и посвятим прекрасные приношения.
      Если рассердится из-за коров пряморогих
      и погубит корабль (и другие помогут боги),
350   лучше погибнуть сразу, глотая волны,
      чем изводиться здесь, на пустынном острове».
      Так говорил Эврилох; согласились другие.
      Сейчас же пригнали коров из стада Гелиоса,
      лучших — с пастбищ близ темноносого судна —
355   прекрасных, широколобых, неповоротливых.
      Они обступили коров, призвали бессмертных,
      оборвали свежие листья с высокого дуба
      (не осталось белого ячменя на судне).
      Помолившись, забили коров и освежевали,
360   срезали мясо с бедер и обернули бедра
      жиром в два слоя, а сверху положили мясо.
      Не было вина — возлить на горящие жертвы,
      возливали воду, затем потроха поджарили.
      Бедра сожгли до конца, потрохов отведали,

365   рассекли остальные части, насадили на прутья.
Сладостный сон проворно оставил ресницы,
я отправился к берегу, к быстрому судну.
Когда я приблизился к двузагнутому судну,
сладкий запах жира растекся повсюду.

370   Я заплакал, прокричал богам бессмертным:
«Зевс-родитель, блаженные боги, вечные,
усыпили меня, жестокие, на погибель,
а спутники остались, задумали злодеяние».
Лампетия в длинных покровах оповестила

375   Гелиоса Гипериона, что мы погубили стадо.
Он разгневался в сердце и воззвал к бессмертным:
«Зевс-родитель, блаженные боги, вечные,
отмстите спутникам Одиссея, сына Лаэрта:
дерзко убили коров, которые в радость

380   были, когда восходил на звездное небо
или когда обратно к земле поворачивал.
Если же не отплатят достойным возвратом,
отправлюсь в дом Аида — светить умершим».
Зевс, собиратель туч, отвечая, промолвил:

385   «Гелиос, свети, как прежде, богам бессмертным
и смертным людям над землей хлебодарной.
Легко разломаю на части быстрый корабль
сияющей молнией в винноцветном море»
(все это я узнал от пышнокудрой Калипсо;

390   она, как сказала сама, — от Гермеса-вестника).
Когда я вернулся на берег, к нашему судну,
выбранил всех, одного за другим, но средства
не было выправить дело, коровы погибли.
Вскоре боги устроили знаменье спутникам:

395   ползали шкуры, мясо мычало на прутьях,
сырое и жареное, как будто звучало стадо.
Шесть полных дней угощались спутники,
приводили лучших коров из стада Гелиоса.
Зевс Кронион добавил седьмые сутки,

400   тогда прекратился порыв ураганного ветра.
      Мы взошли на корабль, отправились в море,
      поставили мачту, расправили белый парус.
      Когда мы покинули остров, земля исчезла,
      вокруг оставались только небо и море,

405   тогда Кронион выставил черную тучу
      над пустотелым судном, почернело море.
      Недолго бежало по́ морю судно, вскоре
      зашумел Зефир, налетел ураганным порывом.
      От напора ветра лопнули мачтовые канаты,

410   мачта упала на палубу, судовые снасти
      провалились в залитый трюм, кормовая мачта
      обрушилась на кормчего, размозжила череп.
      Он свалился, будто ныряльщик, с палубы
      в море, и отважный дух оставил тело.

415   Зевс прогремел и бросил молнию в судно.
      Корабль задрожал от удара молнии Зевса,
      пропитался серой. Спутники упали в воду.
      Возле черного судна носились, подобные
      буревестникам. Бог отобрал возвращение.

420   Я метался по судну, покуда не отломился
      киль от днища, и крутился рядом, отломанный,
      следом мачту вырвало, прихваченную сверху
      ременным канатом из крепкой воловьей кожи.
      Я связал ременным канатом киль и мачту,

425   взобрался на связку, несомый гибельным ветром.
      Когда Зефир прекратился, ураганный ветер,
      поднялся Нот, и сердце во мне ужаснулось,
      что снова отмерю путь до страшной Харибды.
      Всю ночь носился по морю. Когда просветлело,

430   подплыл к пещере Сциллы, к страшной Харибде,
      она глотала воду соленого моря.
      Бросился вверх, ухватился за ствол смоковницы,
      прильнул как летучая мышь, но был не в силах
      упереться ногами или забраться повыше:

435 далеко внизу — основание; вздымались ветви,
длинные, разверстые, висящие над Харибдой.
Я держался упорно, пока она не извергла
мачту и киль (я ждал, и они появились).
В час, когда поднимается к трапезе из собрания
440 судья, уладив тяжбы повздоривших юношей, —
наконец показались обломки из недр Харибды.
Я ослабил хватку и бросился в море,
шумно ударился о воду, между обломками,
оседлал обломок, работал руками как веслами.
445 Родитель богов и людей не позволил Сцилле
увидеть меня, иначе — не избегнуть смерти.
Девять дней носило, а в десятую темень
боги вынесли — к Огигии, острову, где Калипсо,
пышнокудрая, страшная богиня, которая
450 говорит как люди, приветила, позаботилась,
но зачем повторять слова, что вчера рассказывал
тебе и твоей величавой супруге. Ненавистно
повторять, что однажды подробно изложено.

ОТ ПЕРЕВОДЧИКА

Предложенный перевод «Одиссеи» IX–XII — экспери-
ментальный: вместо хорошо знакомой гекзаметри-
ческой строки я выбрал за основу пятиударный стих
с «плавающим», свободным ударением. Красота гомеров-
ской поэзии вещна, пишет А. Ф. Лосев (58). В этой книге я пы-
таюсь воссоздать помыслы, жесты, эмоции персонажей, нето-
ропливые описания предметов, иными словами — предста-
вить вещественные доказательства гениальности греческого
поэта.

Переводчик, использующий гекзаметр при переводе
«Одиссеи», вынужден, возможно не отдавая себе в этом отчета,
мериться силами с Жуковским и Вересаевым. Идеальный гекза-
метрический перевод «Одиссеи» — это воображаемый сплав
виртуозности Жуковского и переводческой точности Вересаева (роль Гнедича как переводчика Гомера следует обсуждать
особо, в контексте его «Илиады»). Переводящий «Одиссею»
гекзаметром, так или иначе, оказывается между двумя полюса-
ми: на одном — мастеровитость романтизированной «Одиссеи» Жуковского, для которого точность не была самоцелью, на
другом — «суровая простота» (Лосев, 65) и дотошливая акку-
ратность вересаевского перевода. Я сознательно ушел от сопер-
ничества: хотелось говорить напрямую с Гомером, без оглядки
на «Одиссеи» Жуковского и Вересаева. Напомню, что русский
тонический гекзаметр — размер условный; мы акцентируем
русские дактили, делая их трехдольными, в то время как греки
использовали четырехдольные метрические дактили (Егунов,
375–377). Если русский гекзаметр — лишь слепок с греческого, почему бы не попробовать перевести античный текст иными
средствами, сделать иной слепок? К слову, включенные в книгу

рисунки Славы Полищука именно об этом — о возможности *иного* прочтения «Одиссеи».

Мой перевод не является прескриптивным: вариантов переложения Гомера может быть великое множество, от ритмической прозы до того же гекзаметра. Наверное, лучшее доказательство возможности сосуществования разных «Одиссей» — англофонские опыты по переложению Гомера. Джордж Стайнер (365) насчитал 12 послевоенных переводов гомеровских поэм, в том числе прозаический перевод «Одиссеи» Рью, переводы Латтимора, Фицджеральда, Фейглза. Все эти переводы уживаются в одной культурной среде: например, «Одиссею» Латтимора читают в Колумбийском университете, перевод Фицджеральда — в Монтклерском университете (штат Нью-Джерси); «Одиссею» Фейглза читают старшеклассники в школах Нью-Джерси.

Пользуюсь случаем выразить признательность Владимиру Гандельсману, Сергею Завьялову, Илье Кутику, Борису Ривкину и Валерию Черешне за критический разбор отдельных пассажей и песней, а также Андрею Бауману — за участие в подготовке этого издания.

Гр. Стариковский

ОТ ХУДОЖНИКА

Рисунки, представленные в этой книге, ни в коей мере не являются иллюстрациями. Любая иллюстративность уничтожает всякую возможность внутреннего диалога между текстом и изображением. Для меня четыре песни «Одиссеи» являются, в первую очередь, поэтическими текстами Григория Стариковского. И в этом нет никакого умаления имени Гомера. Универсальность, общечеловечность текстов Гомера, их холод и жар в переложении Г. С. приобрели «заземленность», что позволило соединить слово и линию. Хотя что могло быть проще — расплести черную вязь букв и сплести заново в клубке линий и пятен.

Поэтический размер, просодия, глубина и прозрачность языка, на котором говорит Одиссей, явились для меня отправной точкой. Герои и воины, утратив в скитаниях всё, гонимы только одним желанием — вернуться домой, на Итаку. Оттолкнувшись от языка, оставалось нарисовать обезглавленные торсы героев, сплетающиеся тела людей и богов; свиней, коршунов и черные корабли, летящие по бесконечному морю к гибели.

Слава Полищук

КОММЕНТАРИИ

Песнь девятая

1. *Одиссей прозорливый промолвил в ответ Алкиною.* Одиссей пирует у феакийского царя Алкиноя. Своим пространным повествованием Одиссей отвечает на вопросы Алкиноя (Одиссея, VIII, 550–555) и одновременно «вступает в соперничество с Демодоком, [песнопевцем], только что закончившим свое исполнение» в VIII песни (Хойбек).

3–4. *Слушать подобного песнопевца — прекрасное дело.* Одиссей дает понять пирующим, что способен оценить талант Демодока (Хойбек). Не только в IX, но и в X–XII песнях один из главных посылов повествования — желание произвести выигрышное впечатление на феакийцев, ведь от них зависело возвращение на Итаку.

5–6. *Не бывает, говорю, исхода радостней, чем веселье.* Упорядоченность феакийского уклада контрастирует с фантастическим, диким миром сказок и легенд, в котором оказывается Одиссей вскоре после отбытия из Трои. Феакийский пир своей упорядоченностью и гармоничностью напоминает о пирах богов (ср. пиры Эола в X песни).

14. *Что рассказать вначале и чем закончить?* Одиссей вспоминает свои странствия. Память в «Одиссее», согласно Норману Остину (79), играет первостепенную роль, являясь творческим актом. Помнить — значит быть (Остин, 139), а амнезия равносильна отказу от самого себя.

19–20. *Я — Одиссей Лаэртид, известный людям хитростью.* Хитрость Одиссея, в первую очередь, ассоциируется с созданием Троянского коня, упомянутого Демодоком (Одиссея, VIII, 492–493; Хойбек). Характерно, что сам Одиссей связывает свое имя с хитростью, изобретательностью, а не с воинской доблестью гомеровского воина. Майкл Силк (41), сопоставляя характер героя с женскими персонажами, говорит об изворотливости Одиссея в контексте поэмы: «The deviousness of Odysseus himself seems an essentially feminine quality».

20. *Молва обо мне к небесам восходит.* Одиссей говорит о собственной славе (κλέος) в настоящем времени (Данек). Следует добавить, что по прошествии 10 лет странствий само понимание славы претерпело изменения. В мире волшебниц и чудовищ-людоедов воинская доблесть гомеровского ратника бесполезна. Не случайно κλέος Одиссея отождествляется с хитростью.

21. *Я живу на Итаке.* Споры о местонахождении острова Одиссея не прекращаются до сих пор (Хойбек).

37–38. *Расскажу о горьком возвращении, которое Зевс устроил.* «Именем Зевса главный герой обозначает не поддающееся идентификации божественное вмешательство»; то есть упоминание о Зевсе свидетельствует о человеческом незнании, присущем Одиссею (Данек), и, добавим, о признании собственного незнания. Интересно, что недовольство богов Одиссей почти всегда воспринимает как данность, с долей смирения.

39. *Ветер из Трои привел к Исмару киконскому.* «Первый и единственный эпизод, в котором действие разыгрывается в реальном мире (в окрестностях Трои). Одиссей плывет вдоль берега, чтобы увеличить размер своей добычи» (Данек). Киконы — союзники троянцев, упомянуты в «Илиаде» (II, 846): «Храбрый Эвфем ополчил племена копьеборных киконов»[1]. Согласно Геродоту, они обитали на берегах реки Гебр (VII, 110), совр. Марица. Этим эпизодом открывается тема взаимоотношений Одиссея и спутников, одна из ключевых тем в IX–XII песнях. Эпизод с киконами и самонадеянность спутников, пишет Райнхардт (69), служат тревожной прелюдией будущих событий. Гомер также намечает связь между разграблением города киконов и приключением в пещере Полифема: вино, которое Одиссей получил от Марона, поможет Одиссею ослепить Полифема

---

[1] Здесь и далее «Илиада» цитируется в переводе Н. Гнедича.

и выбраться из пещеры (Хойбек; Райнхардт, 69). Разграбление Исмара отсылает к ратным подвигам в духе набегов Ахилла, упомянутых в «Илиаде», однако в эпизоде с киконами мироздание «Илиады» дает трещину: ахейцы будут наказаны за отсутствие прозорливости и за неповиновение Одиссею.

60. *Шестеро с каждого судна.* У Одиссея было 12 кораблей: «Царь Одиссей предводил кефалленян, возвышенных духом, / Живших в Итаке мужей и при Нерите трепетолистном; / Чад Крокилеи, пахавших поля Эгилипы суровой, / В власти имевших Закинф и кругом обитавших в Самосе, / Живших в Эпире мужей, и на бреге противулежащем, — / Сих предводил Одиссей, советами равный Зевесу; / И двенадцать за ним принеслось кораблей красноносых» (Илиада, II, 631–637).

64–65. *Покуда трижды не был помянут каждый несчастный.* Согласно верованиям древних, мертвых призывали, чтобы их души быстрей обрели покой (ср.: Вергилий, Энеида, VI, 506) (Хойбек).

80-81. *Кифера. Малея.* Кифера — остров к юго-западу от Малейского мыса. Малейский мыс, на юго-востоке Лаконии, считался опасным для мореходов. Менелай сбился с курса возле Малейского мыса (III, 286–289): «После того как и он в винночермное выехал море / В полых своих кораблях и высокого мыса Малеи / Быстро достиг, приготовил ужаснейший путь ему дальше / Зевс протяженно гремящий…»[2]

83–84. *Достигли земли лотофагов.* Плод лотоса символизирует ненадежность человеческого бытия, зависшего где-то между эмпирической реальностью и мифом (Хойбек). Четко обозначена опасность дальнейшего пребывания у лотофагов — амнезия, существование в безвременьи (Саид, 155: «Les Lotophagues ont perdu le sentiment de leur identité»).

106. *Достигли земли циклопов.* Фукидид (VI, 2) полагает, что циклопы обитали на востоке Сицилии, однако среди мифов и легенд география — излишняя наука (см. комментарий к XII,

---

[2] Здесь и далее «Одиссея» (кроме IX-XII песней) цитируется в переводе В.Вересаева

2–3). Все то, что отсутствовало у циклопов (виноделие, земледелие, суды), было необходимым в греческом полисе (Стэнфорд). Между тем мир циклопов — мир упорядоченный, требующий некоторой сноровки, миропорядок, существующий параллельно с цивилизацией Одиссея. Гесиод в «Теогонии» (141–143) объясняет происхождение имени циклопов: «...лишь единственный глаз в середине лица находился: / Вот потому-то они и звались "Круглоглазы", "Киклопы", / Что на лице по единому круглому глазу имели» (пер. В. В. Вересаева). В Античности не существовало устоявшегося мнения о количестве циклопьих глаз. Сервий, комментатор Вергилия, пишет (к: Энеида, III, 636): «Многие говорят, что у Полифема был один глаз, другие — что два, остальные — что три». Жизнь циклопов противопоставлена феакийскому укладу.

112–115. *Они не сходятся вместе, чтоб совещаться и далее.* Строки цитируются Платоном в «Законах» (680d2–4): «Сейчас же он [Гомер] прекрасно подтвердил твои слова, изображая, согласно преданию, первоначальный быт киклопов диким» (пер. А. Н. Егунова). Одно из важных открытий Одиссея — существование иных реальностей, за пределами человеческой жизнедеятельности. «Цивилизационное» отношение к миропорядку циклопов не укладывается в повествование Одиссея. Лестригоны, к примеру, собираются вместе, строят дороги, возводят дворцы, однако это не помешало им истребить бóльшую часть спутников Одиссея и остаться безнаказанными.

116. *Остров лежит небольшой.* Одиссей смотрит на остров как потенциальный колонист (Хойбек). Калвин Байр (361) говорит о риторической цели описания острова: показать феакийцам, что они — Одиссей и феакийцы — принадлежат к одной цивилизации. Райнхардт (77) комментирует красоты острова: «Отсюда недалеко до пейзажей Клода Лоррена».

174. *Здешний народ испытаю.* События IX песни — вторжение в пещеру с 12 отборными воинами — говорят не столько об ожидании гостеприимства, сколько об ожидании подарков от хозяина, возможно более слабого, чем непрошеные гости.

197. *Марон Эванфид*. Единственный жрец в «Одиссее». У Гомера сами герои приносят жертвы (Стэнфорд).

204–205. *Сладким вином неразбавленным, божественным*. «Одиссей получил вино как особый подарок гостю; дарителем был жрец, живший в месте, находящемся под защитой богов и пощаженный Одиссеем при захвате города» (Данек). Одиссей скорее помиловал, чем защитил жреца. По-видимому, Марон откупился от Одиссея и его людей.

216. *Мы скоро вошли в пещеру*. Райнхардт (79) отмечает, что среди сказочных приключений Одиссея пещера Полифема — единственное место, куда герой отправляется по собственной воле. Ни в одном другом пассаже влечение к опасности не будет столь сильным.

229. *В надежде увидеть хозяина, получить подарок*. Любознательность и стремление к обогащению — типичные качества Одиссея (Стэнфорд).

228. *Я не поддался (полезней было послушаться)*. Намерение остаться в пещере «часто трактуется исследователями как свидетельство легкомыслия и корыстолюбия Одиссея: по мнению специалистов, тем самым он без необходимости подверг соратников опасности, которую можно было предвидеть... По мнению других исследователей, его выбор вполне соответствует героическому коду "Илиады"» (Данек).

263. *Мы — воители Агамемнона*. «Упоминание о славе (κλέος) Агамемнона в Троянской войне представляет собой угрозу и хвастовство главного героя перед Полифемом» (Данек). Хойбек отмечает, что, несмотря на страх, Одиссей все же гордится своей принадлежностью к греческим героям, вспоминает о своем статусе героя Троянской войны и заявляет право на гостеприимство.

273. *Глупый ты, странник*. Имена Трои и Агамемнона ничего не значат для Полифема. Пропасть лежит между миром циклопов и миром Одиссея (Хойбек; Сигал 1996, 206, 210). Прошлое не способно помочь в настоящем; слава, добытая во время Троянской войны, бессильна, зато хитроумие

— как некая константа — может выручить и выручает главного героя.

299. *В бесстрашном сердце я замыслил приблизиться.* Первое намерение Одиссея — импульс воина, но последующее размышление останавливает героя (Хойбек). Гомер описывает ход мыслей Одиссея, многоходовую комбинацию, которая в итоге вызволит оставшихся спутников из пещеры.

317. *Лишь бы Афина вняла молитве.* Одиссей надеется на помощь божества. «Уже тогда, когда вечером Полифем загоняет в пещеру самок и самцов, главный герой видит в этом возможное влияние божества, а во время ослепления циклопа Одиссей чувствует, что он окрылен божеством» (Данек).

325. *Я подошел и отрубил не меньше сажени.* Данек полагает, что «изготовление данного инструмента из оливы имеет не только технические причины» (твердая древесина, быстро нагревается). Кроме прочего, олива — дар богини Афины. Не случайно ствол оливы служит основанием для кровати Одиссея (XXIII, 190–204) (Данек).

366. *Меня зовут Никто.* Остин (147) пишет: пьяный Полифем не смог разгадать загадку имени «Никто», ибо не подозревал, что существует кто-то еще, помимо собственной персоны. Игра смыслов, вложенных в имя «Никто», распространяется и на самого Одиссея. На земле циклопов он и вправду «никто», бессильный чужак, приехавший поживиться. Чарльз Сигал (1996, 211) комментирует: ради спасения из пещеры Одиссей вынужден отказаться от себя самого / своего имени (personal identity).

381. *Божество вдохнуло великую смелость.* Лосев (53) резюмирует: «Если тот или иной поступок человека объясняется велением божества, то фактически это значит, что данный поступок совершен человеком в результате его собственного внутреннего решения, настолько глубокого, что даже сам человек переживает его как нечто заданное ему извне».

391. *Будто кузнец окунает в студеную воду.* «Современные поэту реалии появляются у него, как правило, в развернутых

сравнениях, в меньшей степени подверженных влиянию эпической поэтики, или в метафорах» (Ермолаева, 80).

468. *Повел бровями.* Гимн к Гермесу, 278–279: «Молвя сие, Гермес при всяком слове то брови / морщил, то взор туда и сюда обращал в нетерпеньи» (пер. Е. Г. Рабинович).

474. *Я обратился к циклопу с насмешливой речью.* Насмешка Одиссея вписывается в канву «Илиады»: похожим образом победитель в поединке обращается к побежденному (Хойбек).

479. *Отплатил тебе Зевс и другие боги.* «Рассказчик указывает на ошибку второй оскорбительной речи Одиссея к Полифему и в то же время подчеркивает, что первая речь к циклопу была оправданной по сути и подходящей по ситуации» (Данек). Кристофер Браун (6) считает, что Одиссей взял на себя роль божественных сил и поэтому повинен в излишней самонадеянности.

483. *Едва не затронув край судового кормила.* Строка лишена смысла в контексте пассажа. Еще александрийские ученые считали ее сомнительной.

504. *Одиссей оставил незрячим, сын Лаэрта.* Аристотель (Риторика, II, 3, 1380b22): Одиссей не счел бы себя отомщенным, «если бы [его противник] не почувствовал, кем и за что [он наказан]» (пер. Н. Н. Платоновой). Вторая речь Одиссея дополняет первую. Хойбек полагает, что это — легкомыслие со стороны Одиссея, но ни в коем случае не «хюбрис», безбожное высокомерие. Основная проблема — несопоставимость двух миров: человеческого и внечеловеческого, а также то, что Одиссей вызывается судить одноглазого людоеда по человеческим законам, по законам военной доблести времен Троянской войны.

528. *Услышь, Посейдон темнокудрый.* Молитва Полифема к Посейдону отражает греческую концепцию судьбы. Если герою суждено вернуться домой, никто, даже боги, не сможет отменить возвращение (Хойбек).

536. *Темнокудрый услышал.* Райнхардт (84) пишет, что победитель (Одиссей) в итоге оказывается побежденным, а побежденный и одураченный Полифем — победителем.

Песнь десятая

1. *Мы достигли Эолии.* Фукидид считал (III, 88), что Эолия была одним из островов Липари, однако не представляется возможным локализовать мифический плавучий остров, располагавшийся где-то «на дальнем западе» (Хойбек). Обсуждая прототипы «плавучего» острова, Стэнфорд упоминает Делос. Среди возможных прототипов — айсберг, мираж, отколовшийся кусок пемзы (Стэнфорд).

7. *Шестерых сестер отдал он братьям в жены.* «Поэт "Одиссеи" не устает прославлять счастливый брак» (Райнхардт, 88).

14. *Эол привечал и расспрашивал.* «У Эола Одиссей впервые за время странствий удостаивается приема в соответствии с формальными правилами гостеприимства» (Данек).

34–35. *Спутники начали между собой пересуды.* Взаимное недоверие Одиссея и спутников: он не доверяет им управление кораблем, зная о скудоумии соратников, а они, не без оснований, подозревают его в стяжательстве. Разерфорд (166) пишет, что в данном случае Одиссей и спутники виновны в одинаковой степени. Одиссей повинен в патологической недоверчивости, в нежелании сообщить спутникам больше того, что им, по его мнению, следует знать (Уолкот (135–153) приводит параллели между подозрительностью Одиссея и похожим поведением крестьян в современной Греции).

75. *Ты ненавистен бессмертным.* Сам Эол говорит Одиссею, что тот проклят богами; его слова подтверждаются эпизодом с лестригонами (Хойбек). Интересно, что глупый поступок спутников приравнен Эолом к немилости богов; иначе говоря, Эол знает то, что неведомо Одиссею.

82. *К лестригонскому Телепилу.* Фукидид помещает лестригонов на Сицилии (VI, 2), Гораций — в окрестностях Формии, в Лациуме (Оды, III, 16, 34). «Описание страны лестригонов как местности, где ночи коротки, а дни длинны, — по всей видимости, свидетельствует о том, что странствующий Одиссей

находится на территории по ту сторону человеческого опыта. [Схожим образом, по прибытии на Ээю] Одиссей и его спутники не смогут определить, где восходит и где заходит солнце. Подобные сигналы исключают возможность локализации мест, которые посещает главный герой во время своего путешествия» (Данек).

108. *Артакия.* Название источника Артакия, скорее всего, «вырвано» из мифического повествования о плавании аргонавтов (Хойбек). Стэнфорд упоминает Артакию в Пропонтиде, близ города Кизик, но полагает, что жители Кизика, где протекал источник, могли позаимствовать название у Гомера.

120. *Неисчислимые люди, похожие на гигантов.* Эти гиганты-людоеды, в отличие от циклопов, вполне цивилизованны («гладкие тракты», постройки, собрания). Высокий уровень цивилизации не гарантирует соблюдения законов гостеприимства.

126. *Я вытащил острый меч.* Ирония пассажа, по мнению Хойбека, состоит в том, что Одиссей выхватывает меч (героический жест), дабы пуститься в бегство. Слишком неравные были силы, отмечает Хойбек.

135. *Достигли Ээи.* Ээя находится на восточной окраине ойкумены. Таким образом, Цирцея, сестра Ээта, обитает на востоке (XII, 3–4), неподалеку от Океана, в Западном Средиземноморье. Согласно Гесиоду (Теогония, 1011–1015), сыновья Цирцеи от Одиссея, Агрий и Латин, правили тирренцами (этрусками). В послегомеровской древности считалось, что земля Цирцеи находилась в Италии, в Южном Лациуме (Капо Чирчео) (Хойбек).

135. *Цирцея.* Образ Цирцеи — странная смесь магии, символизма и реализма (Стэнфорд). Хойбек пишет о сложном характере Цирцеи; с одной стороны — ведьма, превратившая спутников Одиссея в свиней, с другой — гостеприимная хозяйка, выражающая сочувствие путникам, которых сама заточила в свинарнике.

137. *Сестра коварного Ээта.* «Повествователь посылает недвусмысленные сигналы, указывающие на принадлежность

образа Цирцеи сфере сказаний об аргонавтах. Эпитет брата Цирцеи, Ээта ("замышляющий гибель"), напоминает о его мифологической роли» (Данек). Отец Цирцеи и ее брата — Гелиос. Сама Цирцея говорит о плаваньи «Арго» в XII песни (69–72).

162–163. *Пораженный копьем навылет, он рухнул в пыль.* Убийство оленя отсылает к описаниям смерти героя в «Илиаде» (Хойбек). Рут Скодел напоминает, что два главных эпизода в IX и X песнях начинаются со сцен охоты. Убив оленя, Одиссей проявляет заботу о спутниках, снова возвращает их в круг «обычной человеческой жизнедеятельности». Охота, за которой следуют приготовление и принятие пищи, привносит в мир «Одиссеи» социальную гармонию (Скодел, 530).

174–175. *Мы не спустимся в дом Аида.* Хойбек находит в этих словах иронию, ведь в XI песни Одиссей и его спутники именно туда и направятся.

179. *Обнажили головы.* Спутники покрыли свои головы в знак скорби (Стэнфорд).

205. *Эврилох богоравный.* Эврилох приходился Одиссею близким родственником, его считали мужем сестры Одиссея (Стэнфорд). В X и XII песнях Эврилох противопоставлен Одиссею. С одной стороны, Одиссей доверяет Эврилоху больше, чем другим спутникам, назначает его вожаком отряда. Эврилох не входит в дом Цирцеи с остальными, проявляя осторожность. С другой стороны, Эврилох лишен главных качеств Одиссея: отваги, хитрости и благоразумия. Это Эврилох уговорит своих товарищей принести в жертву коров Гелиоса (см.: Саид, 228).

212. *Повсюду — волки да горные львы.* Стэнфорд полагает, что речь идет о людях, превращенных в зверей. Хойбек считает, что своим колдовством Цирцея усмирила диких зверей, наделила их собачьими повадками. Гомер не упоминает о превращении людей в волков и львов.

235. *На прамнийском вине.* Терпкое вино. Строки 234–235 отсылают к «Илиаде» (XI, 638–640): «В нем [в кубке Нестора] Гекамеда, богиням подобная, им растворила / Смесь на вине прамнийском, натерла козьего сыра / Теркою медной и ячной

присыпала белой мукою». Эпизод с зельем (φάρμακον), подмешанным в питье Цирцеей, отсылает к IV песни «Одиссеи» (219–226), в которой Елена добавляет зелье в вино, чтобы успокоить скорбящих Менелая, Телемаха и сына Нестора (Хойбек).

244. *Эврилох вернулся к черному судну.* Поступки Эврилоха, «которые сами по себе могут показаться разумными (он один не входит в жилище волшебницы, прячется, а затем убегает), в сравнении со "стандартами" Одиссея оказываются явной трусостью» (Данек).

260. *Я лежал и высматривал долго.* «Эврилох демонстрирует неспособность позаботиться о соратниках, в том числе ценой собственной жизни, т. е. оказывается некомпетентен именно в той области, о которой он затем будет говорить, обвиняя Одиссея» (Данек).

283. *Томятся в тесном хлеву, как свиньи.* Одиссей, встретивший Гермеса, еще не знает, что его спутники превращены в свиней (Хойбек).

305. *Моли.* Гермес открывает имя, которым боги называют это растение, — не упоминая названия, принятого среди смертных. Моли, скорее всего, растение мифическое, хотя Гомер мог иметь в виду чеснок (allium nigrum), который широко употреблялся в древности как амулет (Стэнфорд). Моли принадлежит исключительно миру бессмертных, напоминает Хойбек.

326. *Испивший не заколдован.* Магия «подчиняется» сильному характеру Одиссея (Сигал 1968, 426).

330. *Убийца Аргоса.* Гермес.

347. *Тогда я взошел на ложе Цирцеи.* Согласно поздней традиции, Цирцея родила от Одиссея Телегона (он потом по ошибке убил Одиссея), Агрия и Латина (см.: Теогония, 1011–1014) (Стэнфорд).

373. *В сердце не было радости.* Ситуация комичная, считает Хойбек: «Неужели моральный кодекс позволяет справедливому человеку разделить ложе с богиней, но не позавтракать с ней?»

392. *Помазала каждого снадобьем.* Новое снадобье восстанавливает память спутников Одиссея (Хойбек).

399. *Даже богиня сжалилась.* Цирцея сострадает спутникам против собственной воли (Хойбек). Чарльз Сигал пишет о «сочувствующей нежности Цирцеи (или щедрости по отношению к своему любовнику)» (Сигал 1968, 420).

457. *Не поднимайте рыданий.* «С точки зрения структуры "Одиссеи" эпизод у Цирцеи завершает серию катастроф (Полифем — Эол — лестригоны)». Именно поэтому волшебница говорит, что Одиссей и его соратники заслужили передышку (Данек).

464. *Вспоминаете грозное море.* Акцентируется не само страдание, но память о страдании (Хойбек).

472. *Вспомни теперь о родной земле.* Интересно, что теперь спутники напоминают Одиссею о конечной цели путешествия. Единственный пассаж, в котором герой на время забывает о возвращении на Итаку (Остин, 139).

493. *Слепец владеет своим рассудком.* Тиресий — фиванский прорицатель, сын нимфы Харикло. Был ослеплен Герой; в отместку Зевс наделил его пророческим даром. Тиресий сохранил пророческие способности после смерти.

496. *Сердце внутри сокрушилось.* Поведение Одиссея похоже на реакцию Менелая, когда тот узнаёт о гибели Агамемнона (ср.: «И разбилось тогда мое милое сердце. / Плакал я, сидя в песках. И совсем моему не хотелось / Сердцу ни жить, ни глядеть на сияние яркое солнца» (Одиссея, IV, 538–540)). Параллель, видимо, намеренная, так как подчеркивает общность судеб Менелая и Одиссея (у обоих возвратный путь оказался долгим) (Хойбек).

511. *Пирифлегетон и Коцит.* Ср.: «В феспортской земле есть много достойного обозрения... около Кихиры есть болото, называемое Ахерусия, и река Ахеронт; течет там и Кокит с... отвратительной водой» (Павсаний, I, 17; пер. С. П. Кондратьева).

527. *Приношенье черной овцы и барана.* Черная жертва приносилась богам подземелья, белая — небожителям (Стэнфорд).

Песнь одиннадцатая

14. *Там живут киммерийцы.* Киммерийцы обитают далеко на севере, где зимние ночи длинны. Геродот помещает киммерийцев в Крыму (IV, 11) (Стэнфорд). Киммерийцы — «говорящее» имя народа, живущего в темноте; страна киммерийцев — часть иррационального мира, в котором оказывается Одиссей (Хойбек).

20. *Мы пристали к берегу.* «Одиссей как будто бы одновременно находится и в аиде, и перед входом [в аид]. Возникает впечатление, что главный герой преступает порог аида, но не углубляется в Эреб... "Одиссея" постоянно пользуется этой двойственностью, из-за которой в ходе действия невозможно выделить точный момент, когда начальная концепция заклинания душ умерших сменяется концепцией осмотра аида» (Данек, 234).

25. *Выкопал яму.* Яма, согласно Стэнфорду, открывает доступ к царству Аида. «Само заклинание мертвых становится путешествием в подземный мир» (Данек).

40. *Воины, пронзенные в битвах копьями.* Т.е. на появившихся тенях запечатлен момент смерти (Хойбек).

51. *Первой душа Эльпенора приблизилась.* Эльпенор узнал Одиссея, так как его тело еще не было предано огню (Стэнфорд). Эльпенор сохранил память. Только после кремации и похорон душа Эльпенора сможет спуститься в подземное царство; тогда, подобно другим мертвым (кроме Тиресия), он потеряет память и рассудок. Глоток крови лишь временно восстанавливает память (Хойбек).

69–70. *Знаю, что ты уплывешь на остров Ээю.* «Эльпенор знает о необходимости возвращения Одиссея к Цирцее. Тем самым он демонстрирует "сверхчеловеческое" знание о будущем» (Данек, 236).

75. *Насыпь могильный холм.* Эльпенор желает остаться в памяти людей, поэтому просит Одиссея насыпать могильный холм на берегу моря (Стэнфорд). Гомер подчеркивает важность человеческой памяти, продлевающей жизнь после смерти (ср.: Вернан, 64).

77. *Воткни весло в могилу.* По мнению Эльпенора, достаточное основание для посмертной славы — усилие во время гребли (Стэнфорд). Пристрастный Хойбек считает, что ничего героического в характере Эльпенора не было. Немецкий ученый отмечает непропорциональность характера и запросов. Главное оружие Эльпенора — не меч, не копье, а весло (Хойбек).

85. *Автолик.* Сын Гермеса, дед Одиссея. Автолик славился изворотливостью, был нечист на руку; достойный сын своего отца. Это Автолик нарек внука Одиссеем. От деда Одиссей и унаследовал изворотливость.

93. *Почему ты оставил сияние солнца?* Вопрос Тиресия — риторический, так как провидцу известна цель посещения Одиссея (Хойбек).

96. *Чтобы я выпил крови.* Тиресий не обязан пить кровь, так как пребывает в здравом рассудке; тем не менее он просит Одиссея отойти от ямы, — чтобы напиться (Стэнфорд комментирует: «He desires to drink it as a strengthening tonic»).

101–102. *Приметлив Сотрясатель земли.* Тиресий сообщает Одиссею, что Посейдон услышал молитву Полифема, ослепленного в IX песни (Хойбек).

107. *Тринакия.* Мифический остров, позже ассоциировался с Сицилией (Тринакрией).

110. *Если не тронешь стадо.* Важно, что Тиресий, предупреждая Одиссея о коровах Гелиоса, говорит о возможности выбора. Не первый случай в «Одиссее», когда боги предостерегают смертных (ср.: I, 34–39, — Гермес предупреждает Эгисфа о последствиях, если тот женится на замужней Клитемнестре и убьет Агамемнона; Саид, 166).

121. *Крепкое возьми весло, отправляйся в дорогу.* Согласно пророчеству Тиресия, «будущая жизнь Одиссея уже определена судьбой: после убийства женихов ему предстоит выполнить некоторые инструкции, но в то же время он уже не будет сталкиваться с опасностями» (Данек).

128. *Губитель мякины.* Кеннинг; «губитель мякины» — лопата для веяния зерна (Стэнфорд).

172–173. *Артемида, лучница.* Считалось, что Артемида приносит быструю и легкую смерть.

181. *Она осталась, конечно, твердая сердцем.* Антиклея отвечает на вопросы Одиссея в обратном порядке.

185. *Телемах владеет твоим уделом.* Во время путешествия Одиссея в аид Телемаху не должно быть более 14 лет (Стэнфорд). Гомер нарушает хронологический порядок, по-видимому связывая последовательность событий с возвращением Одиссея на Итаку. Данек сомневается в хронологической непоследовательности Гомера: «…из рассказа о Телемахе не следует, что он уже достиг возраста, в котором он предстает в I–IV песнях. Возможность Телемаха распоряжаться собственным имуществом и получаемые им отовсюду приглашения на пиршества (вполне подобающие человеку благородного происхождения) свидетельствуют о том, что его не ждет типичная судьба сироты».

187. *Лаэрт живет в деревне.* Согласно Норману Остину, описание Лаэрта представляет собой олицетворение осени, времени распада (103).

204–205. *Я возжаждал в сердце обхватить руками тень умершей матери.* Отсылка к пассажу «Илиады», в котором Ахилл пытается обнять тень Патрокла (XXIII, 97–101: «Но приближься ко мне, хоть на миг обоймемся с любовью / И взаимно с тобой насладимся рыданием горьким!» / — Рёк, и жадные руки любимца обнять распростер он; / Тщетно: душа Менетида, как облако дыма, сквозь землю / С воем ушла».)

212. *Насытиться ледяными слезами.* У Гомера радость приносит тепло, горе обдает холодом (Стэнфорд)

221. *Дыхание покидает белые кости.* «Тюмос» — дух, дыхание — носитель страстей и чаяний человека. В отличие от бессмертной души («псюхе»), «тюмос» конечен. «Тюмос» «suffers as a human suffers; it experiences emotions» (Остин, 107).

227. *Жёны и дочери бесподобных героев.* «Одиссей рассказывает о судьбах персонажей, с точки зрения повествования не имеющих ничего общего с его собственной [судьбой]. Рассказ о них столь краток, что требует знания слушателя об историях, к которым он апеллирует» (Данек). Здесь проявляется одно из главных качеств Одиссея — любознательность. Не случайно Сюзан Саид (221) называет Одиссея «первым туристом в европейской литературе».

235. *Тиро.* Дочь Салмонея, мать Нелея и Пелия (от Посейдона), Эсона, Ферета и Амифаона (от своего мужа Крефея). Амифаон — отец Мелампа (см. ниже: XI, 291). Эсон — отец Ясона. Хлорида, взятая в жены Нелеем, родила Нестора и Перо (XI, 286–287). Таким образом, встреча с Тиро связана с последующим появлением Хлориды (XI, 281–297), а появление Хлориды — с Нестором, у которого гостит Телемах в III песни.

238. *Энипей.* Бог одноименной реки; приток Пенея (Фессалия).

257. *Иолк.* Город в Фессалии, на берегу Пагасейского залива. Из Иолка Ясон отплыл на «Арго» в Колхиду, на поиски Золотого руна. *Пилос.* Город в Мессении (Пелопоннес), в котором царствует Нестор, внук Нелея.

260. *Антиопа.* Дочь фиванского царя Никтея. *Асоп.* Бог одноименной реки в Беотии. Антиопа родила Зевсу двойню: Зета и Амфиона, которые возвели стены Фив.

269. *Мегара.* Первая жена Геракла. *Креонт.* Не путать Креонта, отца Мегары, с тезкой, шурином царя Эдипа. Гомер не упоминает об убийстве Мегары и ее детей обезумевшим Гераклом.

271. *Эпикаста.* В более поздней традиции — Иокаста; мать и жена царя Эдипа. Первое упоминание мифа об Эдипе. Основные элементы мифа, включенные Гомером, известны в поздней традиции (убийство отца, женитьба на матери, осознание содеянного, самоубийство Иокасты), однако Гомер не упоминает о слепоте Эдипа и о самовольном изгнании из Фив (см.: «Царь Эдип» Софокла). Не говорит Гомер и о детях Эдипа (Хойбек).

280. *Эринии.* Богини мщения, рожденные богиней земли Геей, впитавшей кровь оскопленного Урана. «Совмещение абстрактной идеи отмщения и вполне конкретного образа духов мести» (Хойбек).

281. *Хлорида.* Жена Нелея и мать Нестора. Ее отец Амфион был царем Орхомена.

286. *Нестор, Хромий, Периклемен.* Из 12 сыновей Нелея указаны имена троих, в том числе Нестора (ср.: «В доме Нелея двенадцать сынов-ратоборцев нас было, / И остался один я [то есть Нестор]: они до последнего пали!» (Илиада, XI, 692)).

288–290. *Нелей стремился отдать за того, кто угонит стадо Ификла.* Нелей обещает отдать дочь, Перо, тому, кто приведет к нему скот Ификла. Своего рода акт возмездия: когда-то Ификл угнал скот Тиро, матери Нелея (Хойбек). *Ификл.* Сын фессалийского царя Филака, отец Протесилая.

291. *Безупречный провидец.* Меламп, сын Амифаона. Пастухи Ификла схватили Мелампа, когда тот пытался угнать скот, чтобы помочь своему брату Бианту жениться на Перо. Потом Ификл отпустил Мелампа за его предсказания.

298. *Леда.* Жена Тиндарея, которому она родила Кастора, Полидевка и Клитемнестру. От Зевса, явившегося к ней в образе лебедя, родила Елену. О Елене Гомер здесь не упоминает.

299–300. *Кастор и Полидевк.* Диоскуры. Бессмертный Полидевк уделил смертному Кастору часть своего бессмертия. Один день они проводят в царстве мертвых, на другой возвращаются к жизни (Стэнфорд). Хойбек считает, что в царстве мертвых Диоскуры каждый день — попеременно — умирают и оживают.

305. *Ифимедия.* Жена Алоэя. Родила Ота и Эфиальта от Посейдона.

311. *Орион.* Мифический великан, охотник, сын Посейдона и Эвриалы. Сам Орион появляется в конце XI песни.

315–316. *Осса и Пелион.* Горы в Фессалии.

318. *Зевсов сын, рожденный Лето.* Аполлон.

321. *Федра.* Дочь критского царя Миноса. Жена Тезея и мачеха Ипполита, которого она оклеветала перед самоубийством. *Прокрида.* Дочь афинского царя Эрехтея. Погибла случайно,

убитая своим мужем Кефалом на охоте. *Ариадна*. Дочь критского царя Миноса. Помогла Тезею выбраться из лабиринта. Тезей пообещал взять ее с собой в Афины, но на острове Дия Артемида убила Ариадну по навету Дионисия.

324. *Дия*. Остров к северу от Крита. Позже ассоциировался с Наксосом.

326. *Майра*. Вероятно, спутница Артемиды, убитая богиней после того, как Майра сошлась с Зевсом (Стэнфорд). *Климена*. Стэнфорд полагает, что здесь речь идет о жене Филака и матери Ификла. *Эрифила*. Жена Амфиарая, прорицателя-царя, правнука Мелампа. Амфиарай, предвидя собственную гибель, отказался участвовать в походе семерых против Фив. Тогда Полиник, сын Эдипа, подкупил Эрифилу, и та уговорила мужа отправиться в поход, удачное окончание которого зависело от участия Амфиарая.

332. *Наравне с богами вы радеете об отплытии*. «В VII песни Алкиной переносит отъезд Одиссея на следующий вечер. В конце VIII песни все готово для отплытия, однако во время вечерней трапезы Одиссей начинает собственное повествование, занимающее отрезок с IX по XII песнь. По этой причине отправка корабля вынужденно задерживается, что влечет за собой изменения в планах действующих лиц» (Данек).

335. *Арета*. Жена Алкиноя, царица феакийцев.

384. *Возвратились, чтобы погибнуть по воле женщины.* Речь идет о Клитемнестре, соучастнице убийства Агамемнона и его соратников.

389. *Эгисф*. Единственный из сыновей Фиеста, избежавший гибели от рук Атрея. Во время Троянской войны сошелся с Клитемнестрой и убил Агамемнона, когда тот вернулся с войны.

406. *Не Посейдон одолел*. «В рассказе Агамемнона о собственной гибели наблюдается явное смещение акцентов по сравнению с адресованными Телемаху сообщениями Нестора и Менелая [в III и IV песнях]. Агамемнон говорит, что вместе с ним было убито множество соратников, первым упоминает о смерти Кассандры и — в отличие от

других — подчеркивает активную роль Клитемнестры» (Данек; ср.: Саид, 113–114). Трагическое возвращение Агамемнона с войны контрастирует с трудным, но более успешным возвращением Одиссея.

421. *Дочь Приама.* Кассандра, дочь Приама, была привезена Агамемноном в качестве военной добычи; «…можно предположить, что "Одиссея" ссылается на версию, в которой возвращающийся домой Агамемнон делает Кассандру своей наложницей и тем самым оскорбляет Клитемнестру» (Данек).

452–453. *Не позволив наполнить зрение лицом сыновьим.* Имеется в виду Орест, сын Агамемнона и Клитемнестры. В дальнейшем Орест отомстит за гибель отца убийством своей матери и Эгисфа.

468–469. *Патрокл.* Ближайший друг Ахилла. *Антилох.* Сын Нестора, убитый Мемноном, царем Эфиопии, которого, в свою очередь, сразит Ахилл. *Аякс.* См. ниже, к: XI, 543.

467, 471. *Пелид. Эакид.* Ахилл, сын Пелея, внук Эака.

488. *Не утешай меня в смерти.* Ахилл предпочел бы стать батраком-фетом, — низшая ступень социальной иерархии, ниже раба, который хотя бы является частью «ойкоса» (домашнего хозяйства) (Хойбек). Тем не менее Ахилл вовсе не отвергает κλέος (славу), ведь только κλέος дает герою возможность остаться надолго в человеческой памяти, то есть «работает» против сил смерти, несущей хаос и забвение. Не случайно Ахилл радуется, узнав о подвигах своего сына Неоптолема (ср.: Вернан, 64). «Ахилл ставит судьбу поденщика не превыше собственной κλέος [славы], заработанной при жизни, а превыше своего положения в подземном мире» (Данек).

492. *Слово скажи о доблестном сыне.* То есть о Неоптолеме.

508. *Это я доставил его на гладком судне.* «Расхваливая качества сына Ахилла, Одиссей в то же время дает понять, что Неоптолем был подчинен ему и что, забрав Неоптолема из Скироса, он как бы взял на себя роль его отца» (Данек). Неоптолем рожден Деидамией, дочерью Ликомеда, царя острова Скирос, у которого скрывался Ахилл перед Троянской войной.

519. *Эврипила сразил.* Эврипил — сын Телефа и Астиохи, сестры Приама, союзник троянцев, приведший на помощь Трое войско кетейцев (мисийцев), — сначала был ранен Ахиллом, потом, вернувшись на войну, убит Неоптолемом. Приам подкупил свою сестру, и та уговорила Эврипила вернуться под Трою.

522. *Мемнон.* См. выше, комментарий к: XI, 468–469.

523. *Изделье Эпея.* Эпей — участник Троянской войны, строитель деревянного (Троянского) коня.

543. *Душа Аякса Теламонида.* Аякс — герой Троянской войны. Царь Саламина, уступавший в доблести только Ахиллу. В споре о доспехах погибшего Ахилла был побежден Одиссеем и совершил самоубийство.

568. *Минос.* Сын Зевса и Европы, царь Крита. В царстве Аида призрак Миноса исполняет свои царские функции (Стэнфорд, Хойбек).

572. *Орион.* Орион, подобно Миносу, «повторяет» свою жизнь, охотится на уже убитых зверей. Об убийстве Ориона Артемидой см.: «Так розоперстая Эос себе избрала Ориона. / Гнали его вы, живущие легкою жизнию боги, / Гнали, пока златотронной и чистою он Артемидой / Нежной стрелою внезапно в Ортигии не был застрелен» (Одиссея, V, 121–124).

576. *Титий.* Первый из трех «великих грешников» в XI песни. Великан, сын Геи. Пытался овладеть Лето, возлюбленной Зевса. В аиде подвергается вечной пытке: два коршуна терзают печень простертого великана.

577. *Плетр* – единица длины в Древней Греции.

581. *Пифон.* То есть Дельфы. *Панопей.* Город в Фокиде.

582. *Тантал.* Как и в случае с Сизифом (см. ниже), поэт предполагает, что слушатель/читатель уже знает о преступлении, за которое Тантал, царь Фригии, расплачивается в аиде. Одно из главных преступлений Тантала: царь пригласил богов на пир и, решив испытать всеведение небожителей, подал им мясо своего убитого сына Пелопа.

593. *Сизиф.* Царь Коринфа, воплощение изворотливости, хитрости. Зевс послал за Сизифом богиню смерти Танатос,

которую царь заковал в цепи, поэтому на протяжении нескольких лет люди не умирали. После освобождения Танатос избрала Сизифа своей первой жертвой, но и тут Сизиф обманул смерть. Уходя в аид, он запретил жене совершать погребальные обряды и приносить богам жертвы. Уговорив Персефону отпустить его на землю, чтобы он наказал жену, — Сизиф обманул богов и остался на земле, пока боги не прислали за ним Гермеса. Согласно одному из мифов о Сизифе, это он, а не Лаэрт, был отцом Одиссея: Сизиф принял образ жениха Антиклеи и сошелся с ней.

601. *Геракл.* Призрак Геракла обитает в аиде, в то время как сам Геракл принят в сонм бессмертных богов. На Олимпе Геракл женился на богине юности Гебе, дочери Зевса и Геры.

621. *Служил тому, кто гораздо хуже.* Имеется в виду царь Эврисфей, которому служил Геракл.

623. *Отправил сюда — похитить Цербера.* Речь идет о похищении трехголового пса Цербера из царства мертвых (12-й подвиг Геракла).

631. *Пирифой.* Царь лапифов, ближайший друг Тезея. Когда Пирифой и Тезей спустились в царство мертвых, Аид пригласил их сесть на трон Леты, к которому они приросли. Спустившийся в аид Геракл освободил только Тезея, а Пирифой так и остался в царстве мертвых.

Песнь двенадцатая

2–3. *Эос танцует.* В оригинале: «места́ для танцев». Стэнфорд понимает под этим утреннюю дымку, в которой как бы танцуют солнечные лучи. Упоминание восходящего Гелиоса Стэнфорд связывает с восточным местоположением острова. Повторим, вслед за Видаль-Наке (38), что приключения Одиссея не имеют ничего общего с географией. В придуманных Одиссеем историях, рассказанных Эвмею (XIV песнь) и Пенелопе (XIX песнь), больше достоверной географической информации, чем в IX–XII песнях. Эратосфен говорил по поводу локализации странствий Одиссея: «Можно найти местность, где странствовал Одиссей, если найдешь кожевника, который сшил мешок для ветров» (Страбон, I, 2, 15, пер. Г. А. Стратановского).

9–10. *Я отправил спутников, чтобы забрали мертвого Эльпенора.* «Одиссей на этот раз не пользуется гостеприимством Кирки, оставаясь на берегу, хотя его соратники все равно должны забрать тело Эльпенора из дома волшебницы» (Данек).

37–38. *Теперь послушай, что поведаю.* Зная маршрут, который предсказал Тиресий, Цирцея может теперь сообщить более точные сведения о том, как добраться до Итаки (Хойбек).

39. *Сперва подплывешь к сиренам.* В древности (после Гомера) считалось, что сирены обитали на скалистых островах между Сорренто и Капри (см.: Страбон, VI, 1, 1).

45. *На луговине сидят.* «Как в описании острова Калипсо, так и в нашем случае луг символизирует идиллическое место, в противоположность скалам, характерным для изображения сирен на вазах» (Данек).

52. *Сдвоенный голос.* Говоря о сиренах, Гомер употребляет двойственное число.

61. *Планкты.* Древние помещали Планкты либо в Мессинском проливе, либо в районе островов Липари (Стэнфорд).

69. *Ээт.* Царь Колхиды, сын Гелиоса, брат Цирцеи, отец Медеи.

70. *Мореходный «Арго».* Не первый раз Гомер отсылает читателя к мифу об аргонавтах. Согласно древним хронографам, аргонавты были на одно поколение старше Одиссея (Стэнфорд, Хойбек).

72. *Гера провела корабль ради Ясона.* Гера покровительствовала Ясону, предводителю аргонавтов. «Мы знаем, что во время своих странствий Одиссей не получает постоянной божественной поддержки» (Данек).

73. *Есть еще скалы.* Уже во времена Гекатея Милетского (VI–V вв. до н. э.) Сциллу и Харибду помещали по обе стороны Мессинского пролива (Хойбек). Оригинальность Гомера

заключается в комбинировании двух изначально не связанных между собой явлений: Сциллы и Харибды.

132. *Фаэтуса и Лампетия*. Имена нимф, дочерей Гелиоса: «Светящаяся» и «Сияющая» (Хойбек).

184. *Скорей сюда, Одиссей блистательный...* По мнению Пуччи (2–9), песня сирен укоренена в героической «Илиаде». Сирены знают, как залучить Одиссея. Они напоминают ему о Троянской войне, приглашая Одиссея навсегда остаться в прошлом, соединиться с собственной славой (κλέος). Цицерон в трактате «О пределах блага и зла» на первый план выносит жажду знания, которая охватила Одиссея во время пения сирен: «...люди, увлеченные благородными науками и искусствами, не думают ни о здоровье, ни о заботах своего хозяйства, готовы стерпеть всё ради самого познания и науки и заплатить величайшими страданиями и заботами за то наслаждение, которое получают они от познания. Мне кажется, что Гомер имел в виду нечто подобное в тех стихах, где он рассказывает о пении сирен. Ведь тех, кто проплывал мимо них, они завлекали, как мне кажется, не сладостью пения или некой необычностью и разнообразием своих песен, но словами о том, что они знают многое; и люди устремлялись к их скалам из жажды знания» (V, 18; пер. Н. А. Федорова). Саид (155) комментирует: напев сирен дарует забытье, «но этот же напев — напев памяти и знания (le chant de la mémoire et du savoir)». Виванте отмечает, что сирены являются не более чем бесплотным голосом, поющим «одну и ту же навязчивую песню, слова которой не имеют значения» (116).

209. *Эта напасть не страшней циклопа*. Одиссей не открывает спутникам подробностей дальнейшего плавания, не упоминает о Сцилле и Харибде, пытаясь вселить уверенность в их сердца (Хойбек).

226. *Тогда я пренебрег наказом Цирцеи*. Несмотря на совет Цирцеи, Одиссей приготовился к схватке со Сциллой. Согласно правилам героической этики, Одиссей рискует жизнью, защищая спутников, однако в его отваге, в том, как детально Гомер

описывает подготовку к неравной схватке, присутствует элемент гротеска. В этом — трагедия Одиссея, «зауженный кругозор», непонимание и неприятие новой, внечеловеческой реальности (Хойбек).

253. *Рог быка.* Вероятно, имеется в виду трубка, защищающая леску поверх крючка (Стэнфорд).

263. *Коровы и бараны Гипериона.* Священные стада Гелиоса встречаются в других греческих текстах. Ср.: «Есть в этой Аполлонии посвященное Солнцу стадо овец» (Геродот, IX, 93, 1; пер. Г. А. Стратановского).

268. *Велели остеречься острова.* Одиссей выходит за рамки наказа Цирцеи: чтобы не поддаться искушению, лучше проплыть мимо острова (Хойбек).

312. *В последнюю треть темноты.* Ночь делилась на три части, каждая часть по четыре часа (Стэнфорд).

321. *Пощадим коров, иначе претерпим горести.* К XII песни Одиссей «выучивается» самообладанию (Разерфорд, 169).

330–331. *Охотились на птиц и рыб.* То, что спутники Одиссея должны заниматься рыбной ловлей и отлавливанием птиц, указывает на тяжелые обстоятельства. Гомеровские герои обычно питаются говядиной, бараниной и свининой (Хойбек).

338. *Боги излили сладкий сон на ресницы.* Райнхардт (101) считает, что Гомер специально устраняет Одиссея, дабы дать спутникам возможность выбора. Если самообладание возьмет верх, они вернутся на Итаку. В противном случае гибель неминуема.

346. *Выстроим богатый храм.* Храмы редко упоминаются в эпических поэмах Гомера. В этом пассаже нашли отражение реалии его эпохи (Хойбек).

353. *Сейчас же пригнали коров.* Последующее жертвоприношение, с листьями дуба вместо ячменя и с водой вместо вина, Видаль-Наке называет, в английском переводе, «anti-sacrifice» (44).

416–417. *Корабль пропитался серой.* Древние считали, что в том месте, где ударила молния, пахнет серой (Стэнфорд).

Литература

1. *Данек Г.* Эпос и цитаты: изучая источники «Одиссеи».
   Ч. I : Песни I–XII / Пер. с нем. А. Г. Жаворонкова. М. :
   Культурная революция, 2011.
2. *Егунов А. Н.* Гомер в русских переводах XVIII–XIX веков. 2-е
   изд. М. : Индрик, 2001.
3. *Ермолаева Е. Л.* Гомер. Илиада. XVIII песнь «Щит Ахилла» :
   Текст и комментарий. М. : Русский фонд содействия
   образованию и науке : Университет Дмитрия Пожарского,
   2011.
4. *Лосев А. Ф.* Античная литература : Учеб. для высш. шк. / Под
   ред. А. А. Тахо-Годи. 7-е изд. М. : ЧеРо : ОМЕГА-Л, 2005.
5. A Commentary on Homer's Odyssey / Ed. by A. Heubeck, A.
   Hoekstra. Vol. II : Books IX–XVI. Oxford : Clarendon Press,
   1990.
6. *Homer.* Odyssey I–XII / Ed. by W. B. Stanford. Bristol : Bristol
   Classical Press, 1996.
7. *Austin N.* Archery at the Dark of the Moon: Poetic Problems
   in Homer's Odyssey. Berkeley : University of California Press,
   1975.
8. *Brown C. G.* In the Cyclops' Cave: Revenge and Justice in
   Odyssey 9 // Mnemosyne. 1996. Vol. 49. Pp 1–29.
9. *Byre C. S.* The Rhetoric of Description in «Odyssey» 9.116–
   41: Odysseus and Goat Island // The Classical Journal. 1994.
   Vol. 89. No. 4. Pp 357–367.
10. *Page D.* Folktales in Homer's Odyssey. Cambridge (Mass.) :
    Harvard University Press, 1973.
11. *Pucci P.* The Song of the Sirens : Essays on Homer. Oxford :
    Rowman & Littlefield Publishers, Inc., 1997.
12. *Reinhardt K.* The Adventures in the Odyssey / Transl. by
    H. I. Flower // Reading the Odyssey : Selected Interpretive
    Essays / Ed. by S. L. Schein. Princeton : Princeton University
    Press, 1996. Pp 63–132.

13. *Rutherford R. B.* The Philosophy of the Odyssey // Oxford Readings in Classical Studies : Homer's Odyssey / Ed. by L. E. Doherty. Oxford ; New York : Oxford University Press, 2009. Pp 155–188.

14. *Saïd S.* Homère et l'Odyssée. Paris : Belin, 1998.

15. *Scodel R.* Odysseus and the Stag // The Classical Quarterly. 1994. Vol. 44. No. 2. Pp 530–534.

16. *Segal C.* Circean Temptations: Homer, Vergil, Ovid // TAPA. 1968. Vol. 99. Pp 419–442.

17. *Segal C.* Kleos and Its Ironies in the Odyssey // Reading the Odyssey : Selected Interpretive Essays. Pp 201–222.

18. *Silk M.* The Odyssey and Its Explorations // The Cambridge Companion of Homer / Ed. by R. Fowler. Cambridge : Cambridge University Press, 2004. Pp 31–44.

19. *Steiner G.* Homer in English Translation // Ibid. Pp 363–375.

20. *Vernant J.-P.* Death with Two Faces / Transl. by J. Lloyd // Reading the Odyssey : Selected Interpretive Essays. Pp 55–62.

21. *Vidal-Naquet P.* Land and Sacrifice in the Odyssey: A Study of Religious and Mythical Meanings / Transl. by A. Szegedy-Maszak // Reading the Odyssey : Selected Interpretive Essays. Pp 33–54.

22. *Vivante P.* The Epithets in Homer: A Study in Poetic Values. New Haven ; London : Yale University Press, 1982.

23. *Walcot P.* Odysseus and the Art of Lying // Oxford Readings in Classical Studies : Homer's Odyssey. Pp 134–154.

Гомер. Одиссея
Песни IX-XII

Перевод с древнегреческого и примечания
Григория Стариковского

Рисунки Славы Полищука

Корректор: Андрей Бауман
Компьютерная вёрстка: Михаил Кондратенко

Главный редактор издательства: Семён Каминский

ISBN: 978-0692528792

Bagriy & Company, Inc.
Chicago, Illinois, USA

printbookru@gmail.com